幻想

―今、何かがおきている―

文芸社

転勤

主人公は神村純一、中堅広告代理店福岡支店の次長である。一九九五年正月、純一はある事情で、東京の本社企画部長というエリートコースの地位を捨て、支店の中でも案外地位の低い福岡支店への転勤を申し出た。支店次長という肩書きは、本社では課長程度のポストであった。それでも純一は福岡転勤を願望する理由があった。

妻の陽子、ＯＬで長女の啓子、高校生で長男の春男は、純一の転勤の申し出に猛反対した。「何で、自分から不便な福岡へ転勤を希望するノ。あなたはいつも自分中心、私や子供の事なぞ一度も考えた事も無い」と、陽子は純一の説得に耳を傾ける気持は、全く持ち合わせてない風だった。純一は陽子との離婚を覚悟の転勤の希望申し出であっただけに、陽子に「離婚してくれ」と言いかけたが、陽子という女が離婚に同意するはずも無い事を熟知していた。普通の家庭の様な愛情という幻想で結ばれている訳でも無く、離婚は恥という古き価値観を両親から刷り込まれていたし、第一生活力がない事を充分知っている女だったからである。

純一はこれまで幾度か「転職したい」と、自立を考え陽子に相談した。その度に陽子は泣きわめき、「子供達は私と一緒に「死ぬ」と言っている。あなたは無責任」と純一を痛烈になじった。勤めを終え帰宅すると、陽子は娘啓子の室に籠り、純一とは顔を合わせ様ともしなかった。そうした陽子の反抗的態度はいつも一ヶ月余りも続き、純一はうんざりした日々を続けるしかなかった。

ところが、今度は純一の転勤の希望は叶えられた。会社としては、転勤希望者の少ない福岡支店に転勤希望する人物が現われたのだから、会社としては願ったり叶ったりである。純一も万々歳であるが、陽子や子供との関係は、簡単にはゆかない、それが純一の最大の悩みだった。

転勤を一ヶ月後にした夜、純一は青春の高校時代、淡い恋心を抱いた事のある橋本京子が開いている銀座のバー「バラ」に、一目散に足を向けた。夕方六時、店は未だ開いてなかった。止む無く店の前に立ち、京子ママの来るのを待った。煙草に火を付け、三本ばかり吸って、「もう一本吸っても来なけりャ、帰るか」と思い始めた矢先、京子がイソイソと店に向かって来る姿が見えた。

ショッキングブルーのスーツに、男からすると「よくあれで歩けるものダ」と感心する程、踵の高いパンプスを穿いていた。京子は四十半ばにしては、子供を産んで無いためか、四、五才は若く見えた。

「アラ、珍しいお客様だ事」

「ウン」

純一が「バラ」を訪ねたのは半年振りだった。

店に入り、京子は電気のスウィッチを入れ、未だ冷えてないおしぼりを、「ゴメン」と言いながら純一に渡した。

「景気はどう」

「最近、官民接待がやかましくなったせいか、お客さん少ないのヨ。たまには顔を出して、応援してヨ」

「ウン。ところがサ、俺転勤サ」

「エ、左遷なノ。どこに」

「ウン、左遷じゃなく希望で福岡に」

「福岡にやられるのは左遷じゃないノ」

純一はそれ以上転勤の話はしたくなかった。京子にただ一言、転勤を告げ、数年は会えないだろう事を告げたかっただけだった。半年も前にキープしていたウイスキーのボトルを京子が出してきた。底をつきかけたウイスキーをコップに注ぐと、直ぐに空になり、追加の注文をした。

「転勤するんだったら、もうキープしなくて良いわよネ」

「ウン」

ロックのウイスキーのグラスを、純一に渡しながら、

「何年福岡に行くノ」

「二、三年か四、五年だろう」

「家族は」

「未だ決めてない」

四十半ばになっても二人の会話は、高校時代とは全く変ってなかった。純一がロックを一気に飲み干すと、

「ビール飲もうヨ」

「ウン」

お互い返事の中身を考えなくて良い時は、いつも「ウン」であった。

二人でビールを五本程空けた頃、時計は既に九時を廻っていた。不思議な位にお客の少ない夜で、京子は
「今日はもうお店を閉めて、どこか他のお店で飲み直そうか」

「そうダ、それも良い」

さっそく京子は、マジックで『本日は都合により休業致します。店主』とカレンダーを破ってマジックで書き、ドアに張り付けた。

二人は近くの焼鳥屋へ向った。二人にとって高級なクラブやバーより、庶民的な雰囲気の店の方が、心が安らぐ気がするし、より親密に青春時代のような人生論が語り合える気がするからであった。

焼鳥に日本酒が、二人の定番だった。焼鳥を注文し終えると、

「あなた、何で福岡なんかに転勤希望したの。普通のサラリーマンじゃ考えられないわヨ。「福

岡に転勤を命ず」と言われただけで、左遷とか何か問題をおこしたんじゃないかと噂が立って、『もう俺のサラリーマン人生も終りだ』と、中にはノイローゼになる人も居るらしいわヨ」

京子は矢継ぎ早に

「あなたも知ってた大村商会の木村さん、あの人は九州支店勤務を内示され、ショックを受けて大村商会を辞めたのヨ」

純一は京子の矢継ぎ早の言葉に、「ウン、ウン」とうなずくのが精いっぱいだった。

おそらく十二時を廻っていただろう、京子は

「今夜どうする」

「ウン」

転勤の話に反発する陽子の顔も見たくなかったし、雰囲気からすると、「今夜は別れる訳にはいかないナ」と、純一は自分を納得させていた。

純一は京子のマンションに泊った。翌朝純一が眼を覚ますと、京子は既に台所に立って、純一との朝食を作っていた。鼻歌まじりの京子の顔は幸せ一杯の様子だった。永かった純一との心の溝を、一気に埋め合わせようとしている風だった。

「お早よう」

「お目覚めネ」

朝食を済ませた純一は、

「俺、会社へ行く」

「ああ、そう。じゃあ当分会え無いけど、元気にしててネ」

「うん。まだ一ヶ月あるから、また来るヨ」

「そんなに会ったら、きっと別れられ無くなるワ」

「だって三年も四年も東京に居無いんだから」

「じゃあ、待ってる」

京子は甲斐甲斐しく
「あなた、頑張ってネ」と、純一を送り出した。

出社した純一は、二十年余り愛用した机の中の整理を始めた。もしかすると、もうこの机を二度と見る事も無いし、周囲に居る同僚と会話を交わす事も無いかも知れない、そんな孤独感に襲われた。

引出しの中は名刺や飲み屋の請求書、思い出深い社員旅行の写真、純一が企画した新聞広告の切り抜き等が詰っていて、丸で子供の時の玩具箱の様だと純一は思った。一つひとつに思いを込めながら整理している純一は、ある決断をした。「全てを捨てよう」と。すると一気に気分が楽になり、全てをゴミ箱に捨てる事にした。唯一手元に残したのは、十年程前の社員旅行の時のスナップ写真だった。写真には当時不倫相手だった東山貴子が写っていた。貴子は純一との不倫を苦に自殺したが、会社の同僚には誰一人として知られる事は無かった事件のはずである。純一は貴子との関係を忘れ、人生の全てを清算しようとも思ったが、スナップ写真の貴子の笑顔が、それを許さなかった。

貴子の写っている写真をシステム手帳に仕舞い込み、引出しの中のモノをゴミ箱に全てを捨てる事を決心した。それは純一が過去を全て清算するという決断でも有ったし、会社への決別の思いが有ったのかも知れない。

「何をしてるんですか」

部下の山野春美が、純一に聞いた。春美は三年余り純一の部下として忠実に働いてくれたし、時に二人で飲みに出かけ、恋人ゴッコをした思い出もあった。

純一は春美を自分の娘か妹と勝手に決め込み、春美との関係を一定に安定的に保ちたかった。それは、春美の時として女らしさを演出する仕種に、純一は耐えられなかったからである。

「俺、今度転勤するんで、片付けてるんダ」

春美は既に純一の転勤を知っているハズなのに、

「エ、転勤するんですか」

芝居臭い二十代半ばの春美の仕種に、純一はある危うさを感じ、やや歳下のわが娘も同じ感情を持ちながら人生を送るのかと思うと、純一は「人生分り過ぎてもつらいものダ」と思った。

春美は、「どこへ行かれるんですか」と、知っているはずの純一の転勤話に、追い打ちをかけて質問をしてきた。幸い早朝ゆえ、未だ純一と春美の二人しか出社して居なかったが、そうした空気が緊張感を盛り立てた。

「福岡。たまには春美チャン、訪ねて来てくれるかい。これからは春美ちゃんは本社のキャリアウーマン、俺は出先の社員。ハンディができてしまうネ」

純一の皮肉たっぷりの話振りに、春美は、

「そんなあなた嫌いです」

純一は春美の「あなた」という表現に、どう応えて良いかとまどった。この場は成り行きに任せるしか無いと思った。

「今夜、暇」

「少し残業しなければならないのヨ」

純一は業界が長引く不況で、会社が「残業ゼロ」を打ち出し、現実に残業する仕事量は無い事を熟知していた。春美の「少し残業を……」の言葉に、女の性としての演技性を感じない訳にはいかなかった。

「もし良かったら、食事しようヨ」

「ハイ」

純一は前夜帰宅していなかった妻への罪の意識から、帰宅するのが筋道とも考えた。

「じゃあ六時、一階のロビーで待ってるから」

夕方、純一はロビーで同僚から見られたら困る事がおきるのではという恐怖心があり、守衛のガードマンに他愛の無い話を持ちかけ、春美を待った。

「このビルの中の会社、最も遅い会社どこなんですか」

「何で」

「退社の遅い会社はそれだけ仕事が有るから、結構儲けているし暇が無んじゃ無いかナと思って」

「そうですネ、三階の山下商会の人の帰りが遅いですヨ」

ガードマンの誠実な返答に、純一は「申し訳無い」と思ってた矢先き、春美がエレベータから降りて来た。

「ゴメンなさい」

純一が腕時計を見ると六時二十分だった。

社則で決められた退社時間十七時半からすると、五十分残業した春美に、本当に残業する必要が有ったとは到底思えなかった。

形式主義

純一は春美に向って、

「忙しいのにゴメン」

「待ったノ」

「いいヤ」

「何が良い」

「何でも」

純一の生き様は、「今日を精いっぱい生きられればそれで良い」、それがモットーだった。自分を大切に生きる事が、他人も大切にする事になるのだと考えていた。

ところが社内の人間関係が最近急速に悪化し、純一のようなタイプの社員は、居心地が悪くなっていた。純一は薄々気付いていたが、その原因は全く分からなかった。世の中は、オウム真理教事件で、騒然としていた。

「君、飲む」

「ウン」

純一は京子と春美の性格の違いや、世代感覚の違いを実感していたが、どこがどう違うのか考えてみたいと思っていた。再び本社に戻った時、春美は誰かと結婚しているかも知れ無いし、転職しているかも知れ無い、おそらく再び会う事が無い、二人にとって今夜が最後の逢び会いになるのではと思い、今夜は精いっぱい楽しもうと考えていた。春美も、思いっ切り楽しもうと思っている風だった。

「何で福岡に転勤するんですか」

二人はロマンチックな気分で、プロムナードの道を腕を組んでゆったりと歩いていた。純一にとって春美はあくまで部下か娘の様な存在だったが、春美は既に純一を雄と見立てている風だった。かすかに触れる肩が、二人の思いを伝える電線の役割を果していた。

「ウン、ちょっとある思い入れがあってネ」

「奥様はどうされるんですか」

部下か娘の存在と思っている春美から、女房との関係まで深入りされるのは、少々不愉快だった。

「ウン、未だ決めてないが、おそらく単身でという事になるだろうナ」

二人はもう一時間近く、歩いていた。その間、純一はほとんど春美に話しかけては無かったし、春美の口数も少なかった。

もしかすると二人は、テレビドラマのヒーローとヒロインの様な気分に浸っていたのかも知れない。

純一は重い口を開き、

「最近、会社の雰囲気変ったと思わない。イヤな雰囲気なんだが、社内の女性同志の井戸端会議で、そんな話出てないのか」

「そうネ、女子職員のお茶汲み禁止を、幹部会議で決めた事。要するに、オジサン達暇なのヨ。女子職員のお茶汲みの時間を節約して、少しでも「本業の仕事で利益を出せ」って事でしョ。お茶汲みと利益を上げる事は関係無い話なのにネ」

二人は中華料理店に入った。寡黙な時間は一時間余り続いたが、二人は静かな空間に居たくなかった。

注文を済ませると純一は、

「その通り。お茶汲み禁止をした時間のコストと、節約して得た利益を計算すれば、子供にでも分るはずダ」

朝、純一の身体には、酒の臭いが未だ残っていた。

翌朝、出社すると、「午後一時半から、緊急会議を開催致します。第一会議室へ管理職以上の方々は、全員御出席下さい」と、社内放送があった。朝から、全国七支店長が、各部署を挨拶して廻っている事から、緊急の会議で無い事は、誰にも分かっていた。緊急の会議で無いのに「緊急」と誇大化して会議を開く事が多くなった事に危惧を感じる純一であた。

会議は総務部長の司会で進められた。

「本日の議題は、一、昼休みの消灯による節電、二、私用電話の禁止、三、消耗品の節約運動、四、その他でございます」

こんな議題に会社の幹部が緊急に集まり、支店長が出張して来て議論する必要が有るのか、疑問であった。経費のコスト削減によって、経営の健全化を図ろうというのであるが、節減効果全額より、七支店長の旅費の方が高いのは歴然であった。

余り意味の無い会議が頻繁に開かれる様になったのは、九三年辺りからであった。

純一はかつては会議では積極的に発言し、自らが主導権を発揮する事が多かった。反対も多かったが、賛同者も多かった。ここ数年、急速に形式的な議題が急増、役員会からは、「課内、部内会議を活発化し、情報の共有化を進め、組織の発展を期すよう……」という指示が再三に渡って行なわれる様になっていた。

前回の緊急幹部会議の主要議題は、「女子社員によるお茶汲みの全面廃止」と、「喫煙室の設置による執務室内での全面禁煙」だった。

「女子職員によるお茶汲みの全面廃止」の背景には、女性のお茶汲み時間を圧縮し、本業に専念する事で、業績の回復をという目的があるという説明があった。女子職員の間では、「お客様には誰がお茶を出すノ」、「課長や部長が自分でお茶汲みすれば、その時間のコストの方が高い」と、極く当り前の意見が出されたが、幹部会議の決定は絶対的だった。

「執務室内での全面禁煙」は、女子社員には好評だった。ところが仙台支店長から、「当支店で

は、喫煙室とすべきスペースがございません。いかがすれば良ろしいでしょう」との質問には、

失笑がもれた。

純一は、幹部の緊急会議でこんな議題を議論する事自体に、馬鹿馬鹿しさを感じていた。

デマ

純一の会社の創業は、東京オリンピック直後の六六年である。経済成長と共に業績も伸び、業界では急成長を遂げているベンチャー企業と評価され、経済誌に再三再四紹介されていた。純一の入社当時は、中小企業に過ぎなかったが、しかし、経済誌に「成長性の高い企業ランキングナンバーワン」の広告代理店部門ナンバーワンに選ばれ、純一はその成長性に夢をかけ、入社したのだった。

業務は新聞広告企画、地域振興企画、イベント企画、商品開発等多角的な経営で業績を伸ばしてきた。円高不況で業界が沈み込む雰囲気にあっても、純一の会社は順調に業績は伸びて、純一の所得も、実力相応分あった。

純一は昨夜の春美との約束を思い出した。

「明日の夜どうする」

「明日の夜」

「時間が有るかって事」

「有る」

夕方四時半を過ぎていたため、純一はメモ用紙に、「六時、玄関口」と書き、あわてて春美に渡そうとしたが、春美の姿は既に室内には見当たらなかった。

純一は、春美の姿を探した。春美は炊事場で、湯飲み茶碗を洗っていた。

「ちょっと」

「ウン」

純一は、他人に見つからない様にと、手早く春美にメモ用紙を渡した。春美はメモ用紙をポケットに入れ、純一に目で、「分かった」という合図のためのウインクをした。

春美は、玄関で待っていた。

純一はお客からの電話で、十五分程遅れ、「申し訳ない」と、春美に詫びた。

「いいエ」

気分の良さそうな春美は、笑顔で純一を迎えた。

純一は、「今夜は精いっぱい楽しもう」という気持と、急速に悪化している人間関係や、噂になりつつある業績の悪化等について社員の間で、どんな噂が流れているのかを春美から聞き出したいという思いがあり、今夜は酒は止めて、食事だけにしようとも考えた。

本社の社員は三百人余り、かってのバブル景気の時代は、噂等をしている暇は無い程忙しかった。不況の波が平成商事にも押し寄せ、暇を持て余す社員が増えている事は事実だった。夜は、官民の接待に世間の目が厳しくなり、不況による接待費節減と人間関係の悪化で、社費での飲食費は激減していた。

暇が多くなり、かえって社員同志の人間関係がより深くなると純一は思っていたが、現実は全く逆だった。社内の人間関係には無頓着で、社外の親しい友人を大切にしてきた純一が、急に社内の人間関係に神経質になりだしたのは、それなりの理由があった。

専務と総務部長から一ヶ月ほど前

「君、彼女が居るんだっテ」

「イエ」

「先日の夜、彼女と二人でデートしていたそうじゃないか」

「それは単なる友達です。その程度の付き合いの女性は四、五人は居ますよ」

「本当にそうなら良いけど、間違っても社の名を汚さない様に」

人事部長からは、

「君、仕事をサボって、毎日遊び廻ってるらしいじゃないか」

「エ、いつの事ですか」

「先々週と先週、席に半分も居なかっただろう」

「それは、右田エンタープライズ、森田建設のコマーシャル企画などの打ち合わせに、先方に打ち合わせに行ってたからです」

「何故部下に、行き先を伝えて行かなかった。部下は君が居ないと困る時もある。連絡できる様にしておくのが、上司の役目だろう」

「私は部下に全てを伝えて会社を出たし、携帯の番号も知らせてます」

純一はキレる寸前だった。

こうした変な、事実無根の忠告を受ける事が、非常に増えたと感じる様になり、純一は社内の人間関係に神経質になる様になったのである。

純一は、今夜は春美から、井戸端会議の噂を聞き出す事に決めた。二人で居る所を同僚や知人に絶対に見つかる事だけは、避けなければならないと思ったからである。

二人は小さなシティホテルのレストランに入った。同僚、知人が、万が一でも来ることの無いホテルが、絶対条件だった。

ワインとフランス料理のフルコースを注文した後、「今夜が君との最後の晩さんにならない事を願っている」と言いながら、毎夜の様に会う様になっていた二人だった。

「そうネ」

「ところで君にいろいろ聞きたい事が有るんだけど、教えてくれるかナ」

「私の事」

「いいや、社内の事」

ワインと料理が出され、

「先ずは乾杯」

「乾杯」

春美は、

「割りとおいしい」

「そうだナ」

三十分過ぎたころ純一は、急に真面目な顔になって、

「ところでサ、最近社内で変な噂が流されているが、春美知ってるか」

「どんな噂なノ」

「人の悪口、スキャンダル、デマだ」

「そんな話は、いつの時代にでも有るんじゃない。気にしない方が良いわヨ」

「俺の噂聞いたことがあるか」

「全く無い訳じゃないけど、余り気にする噂じゃ無い」

「どんな噂」

純一のしつこい質問に、春美は不快な顔をして、

「彼女の噂よ。今度の転勤は本当は左遷じゃないか等。デマでしョ。気にしない方が良いわヨ」

「そうか」

「それより、営業二課のヤリ手高木さんはもっとヒドいデマを流されて、退社寸前になったし、
三課の横尾さんもそうらしいワ」

「何でそんなデマが流れるんだろう」

「要するに会社が実績主義を言い出したからヨ」

「能力主義だろ。何が悪いノ」

「営業で成績を上げたら、給与もボーナスも、そして将来の地位にも差ができる、だから実績主義よ。そこから妬みが生まれるからなノ」

ワインの酔いが廻ったのか、春美は冗舌になり、噂話を次々と暴露しだした。

内部告発が多く、その理由はワープロで作文するため匿名性が高くなっているからだという。内部告発によって、人の足を引っ張った方が苦労しなくて出世できるからだとも話した。

純一は春美の話を聞き、疑心暗鬼になりだした。

「こんな事だったら、聞かなければ良かった」と、後悔した。

数日後、大学の同期で、業界団体で主任研究員をしている森山啓三に、久し振りに喫茶店で会った。純一が、「最近の景気はどうダ」と切り出すと森山は、

「どの企業も大変ダ」

「俺の会社も、どうも大変な様だが、俺は経理が余り詳しく無いんで、よく分からんのダ」と、景気の話の遣り取りをしていると、突然森山が、

「俺、転職するかも知れない」と言いだした。

忍耐

森山の顔は、真剣というより、悲愴感が漂っていた。ラグビー部に席を置いていた森山の体格は、偉丈夫と表現して良く、性格は明るく強気の男だった。純一が森山のこんな弱気な言葉と、悲愴な顔を見たのは、初めてだった。

純一は、数日前春美から聞かされた社内の噂話から、疑心暗鬼になっていただけに、大学時代からの親友森山の話は余り聞きたく無い気持だった。でも森山の顔に悲愴感が漂い、聞かない訳にはいかなかった。

「何で、この歳になって転職するのか、オイお前。転職すれば当然給与も下がるし、育児にも金のいる時だけに、自重しろヨ」

「業界の中で、俺の悪い噂が流れていると、一ヶ月前に専務理事に呼ばれて、厳重注意されたんダ」

「何の噂ダ」

「いくつも有る。お前、二ヶ月前、お前もFSSテレビの経済討論に出たの見ただろう」

「見た」

「あの番組で評論家の大川氏と、FSSテレビの論説委員が、うちの業界の護送船団方式や談合体質、官界との癒着疑惑を次々と批判しただろう。俺自身としては、噂は噂に過ぎないと思っていたし、企業が組織ぐるみでどんな活動をしているかは、全く知ら無い。本当ダ。犯罪は個々人の問題だと思っていた。

確かにわが業界の結束は固く、うちの団体が関係官庁とのパイプ役となってきたし、業界内のトラブルや摩擦の調整もしてきた。これを日本型経営方式とか護送船団方式と言って、これを社会も経済界も誇りにしてきた。昔、米国が不況に苦しんだ時、日本型経営に学ぶべきと、日本人は胸を張っていた」

純一は森山が長長と冗舌に喋る姿を見て、森山は相当ストレスが溜っていると思った。

森山は、話を続け、

「ところが、先進諸国、米国を中心にして日本の経済市場は閉鎖的であり、欧米並みに市場解放すべきという外圧がおきた。

市場解放のため、外為法や関連法の規制緩和が進んでいるが、それをビッグバンと言い、日本の経済社会をグローバルスタンダードなものにする、そんなストーリーが今進んでいて、銀行、保険、証券、投信などの金融だけでなく、ゼネコン、メーカー、流通業界も大変革して苦労してるんダ」

純一は、全く森山の話に興味は無かったが、森山に話したいだけ話をさせ、それを聞いてやる事が、親友に対する思い遣りと考えた。

「つい数年前まで、護送船団方式は日本が世界に誇るべき経済システムと、評論家も学者も評価してたし、政界も官庁も信じて疑わなかったはずだ、そうだろう。ところが、米国型の市場至上主義による経済運営をしないと、海外との経済取引ができ無くなってきたから、規制緩和等が進み、護送船団方式は日本だけに都合の良いシステムだと、日本経済の閉鎖性のシンボルとなり果て、外圧の最大の原因となった。この辺りまでは神村も理解できるだろう。オイ、そうだろう」

森山の顔に少し自信が蘇った気がした。

純一は、

「それがどうしたんだ」

「実は、この前のテレビ討論の時、評論家の大川氏と論説委員が内の業界に絞って、護送船団方式、談合体質、政官業の癒着疑惑を痛烈に始めたんだ。マア俺が居たから、自然に話がそちらに流れたんだろうが、本当に俺は業界の裏の話なんて知ら無いから、イエスもノーも言えなかった。しかた無しに、「これまでの日本の企業社会の隠れた部分が外圧の要因だろう。日本全体の裏の問題だ」と、逃げの話をした。そうしたら、数日後から内の業界と関連業界の有力者から、専務理事の元へ俺への批判が殺到したらしいんダ」

「そんな程度の発言で批判されたんじゃ、何も発言できないナ」

「テレビという公共のメディアを使って、業界の利益を守るべき者が、談合体質を暗に認める様な発言をしたのはけしからンと、役員会まで開かれ、批判された。

その席上、「今後の発言は充分注意すること」の会長による口頭注意を受けて、処分は免れたんダ」

「ひどい話だナ」

「以前だったら、もっとはっきりした本音を言っても、全く問題にならなかった。むしろ業界のマスコミ向けの広告塔だと、俺の事を応援してくれていた。不況と外圧で企業間の競争が激しくなったからだろうか、批判が増えた」

純一は、春美から聞いた会社の内情を話した。森山は驚き、純一に
「ヘエ、お前のところも、内と同じ様な事がおきてるのか」と言う。

「こういう事だ。俺のスキャンダルの告発の文章が次々とされている様なんだ。総務部長から「君に彼女が居るらしいという噂がある。社名を汚されては困る」と、人事部長からは、「君は毎日仕事をせず、ブラブラ遊び廻って居るらしい」と。俺は営業のために外勤してただけだゼ。完全なデマダ」

「大変だナ。俺も同じ様に、会員企業のルポ記事をある雑誌に書いたら、裏でリベートを貰ってるというデマ情報を流されてネ、役員会で問題にされた。否定するのが、本当に大変だった」

「一体全体、世の中どうなってるんだ」

「何故こんな事がおきるようになったんだろう」

森山は話を続けた。

「もう一つは、実は大きな失敗をしてしまったんだ。俺は会員各社の職員研修に呼ばれ、業界の景気の見通しとか、世の中が将来どうなるか、誰にでも理解できる様に講演をしてきた。会員企業だから、旅費だけで、講演料はロハ。このロハが受けて、各社から依頼が殺到してたんダ」

「お前にそんな特技があったのか」

「主任研究員は研究するだけが能じゃない。研究した結果を他人に伝えるのが仕事だ。しゃべって書く事ができなきゃ、仕事にならない」

森山は自分の仕事に誇りを持っている様だが、けれど転職するというのである。

「何を失敗したんダ」

「実は、名古屋の会員さんの顧客への講演会に呼ばれたんだが、話す相手が会員さんの社員じゃないという事で、講演料、旅費合わせて二十万いただいたんダ。ところが随分前に会員企業から同じ日の講演依頼があったんだが、その時は都合がつかないと断った。ところが業界の何かの折に話題になって、講演料の出る方を優先して、会員企業を断るのは「けしからん」となってしまったんダ」

「ドジと言うしかないナ」

「どうして俺の周りで、次々と不愉快な事がおきるのか、少々参っている。ここまで話せば、俺が転職したくなる気持も分かるだろう」

「お前だけじゃない、俺を取り巻く社内事情も大変だ。スキャンダルのデマを流された女子職員と昼食でもして見つかったら、デマでも「愛人関係じゃないか」という風になって、真実風の噂となってしまうんダ」

純一は森山に、

「もう一度言うけど、女房、子供のために耐えること。それ以外にアドバイスする言葉を持って無いネ」

影

数日後の日曜日に、純一宅で飲む約束をして、森山と別れた。

森山はウイスキーとブランデーのボトルと、陽子への手土産を携えて、約束の朝十時にやって来た。一分の違いもなくやって来るのは、几帳面な森山ならではと、純一は感心した。

ボトルを二本持参したという事は、森山は今日は痛飲するつもりで、純一との話の成り行き次第では、退職を決断する覚悟をして、訪ねて来ていたと思った。

妻の陽子が、二人の酒の肴を純一の室に、既に用意してくれていた。二人の話は陽子にも聞かれたく無いと、ドアを閉めた。

森山は、

「先日はありがとう。今日は飲むゾ」

「楽しかったな。今日はゆっくり語り合って飲みたいナ」

先ずはビールからと、純一はビールの栓を開け、コップに注ぎ、乾杯をした。

二人の話は青春時代の思い出に始まり、また先日の話に戻った。

純一は、森山の身の周りでおきている事に疑問を持ち続けていた。

「オイ、先日話してくれた以外に、何か不愉快なでき事無かったのか」

「有り過ぎるぐらい有る」

「何だっテ」

「三年前から、次々おきているんダ。一番最初は、専務から呼ばれて、「新しい部門を開設することが決まったんで、君が指揮をとって、オフィス内を掃除して欲しい」と命令を受けたんダ」

「何を命令されたのか」

「要するに、オフィスの中は設立以来大掃除したことが無く、不要な書類や事務用品等が山積みだった。その不要な品物、塵を職員を使って捨てて、新部門の三人の机やロッカーを入れられる空間を作ってくれと指示されたんダ」

「不思議な話だな。お前の分を整理しろという事だったら分かる。職員を指揮命令する権限の無い主任研究員のお前に、専務が命令するというのは。専務が直接職員に指示すべきだろう」

「そうダ。俺はさっそく、『オフィスの整理要領』を作成して、全員に配布した。ところが職員から「横暴だ」という声が挙がって、誰も手伝おうとし無かった。仕方が無いから毎日俺一人で塵捨てし、全部捨てるのに二十日程かかり、塵を捨ててくれたトラック屋に聞いたら九トン有ったと言うんダ。参ったヨ」

「それだったら、専務はお礼を言ったんだろう」

「全く逆だったというか、「君が雑誌や業界紙に書いてある記事が、時折役員会で問題になっている」と言われただけだ。その時、「塵捨てが忙しくて、最近は書く暇がありませン」と言ったヨ」

「お前らしく無い、皮肉な言葉だナ」

「イヤ、本音だった。俺が講演したり報道番組に出たり、執筆したりする、それが俺の本業と信じてきたんだが、周囲からどうも妬まれだした様なんダ。だから当分断筆をした方が良いと考えたんダ」

「意外と弱気になったんだナ」

「そうなんダ。塵捨てしてた間、自分の本務の仕事は全くでき無かった。そしたら今度は、「本務の仕事は何もしてない。好き勝手な事をしている」という噂が立った。塵捨てを俺に指示した専務理事は全く知らぬ振り、職員は手伝おうという風すら見せなかった。完全に無責任、「立派なもんダ」と皮肉を言ってやりたかったヨ」

「うちの会社もおかしくなってきたが、お前のところはもっとおかしい、酷いもんだ。何かおかしなでき事ダ」

もう昼近くになっていた。二人の話がはずんでいるのを知ってか、陽子は遠慮勝ちにドアの外から、「お昼どうされます」。二人には聞こえなかったのか、「あのう、お昼如何がでしょうか」

「昼飯どうする」

「余り食欲無いな、いいヨ」

二人の話は続いた。

純一が、森山を取り巻く不可解なでき事に深い興味を示しているのは、森山を案じてからという事もあるが、それ以外にも理由があった。純一は若い頃から心理学に興味があって、ボディランゲージからオカルトに関する本までを読みあさっていた。純一はマーケッテングや広告企画の仕事をする上では、人間の心理を知る事ができれば、必ず仕事にプラスになるだろうとも考えていた。だからといって、全面的に心理学に頼り切っている訳でも無かった。太古の昔から、人々は、時代感覚を大切にして生きていると思ったからで、あくまで参考に過ぎないと考えていた。そこに純一の興味があった。

純一は、森山の身の周りで次々とおきるトラブルめいた不可解なでき事の多くを聞き出し、それを整理してみれば、もしかすると何か解決の糸口が見つかるのではと思っていた。解決の糸口が見つかれば、森山がもしかすると転職しなくて済むかも知れない、そう純一は確信していた。

「俺は何か、影、仕掛け人が居る気がしてきたんだが、思い当る節は無いか」

「無い」

「俺は有る気がする」

「有るって？　次におきたのはサ、新部門を設ける時。新部門とは多くの経済データーを集めて日本経済の景気分析をする経済企画課ダ。元々俺はシンクタンクや日銀短観、経済企画庁の月例報告を見て分析して、会員企業から頼まれればレポートを送る位の事はしてたんだ。

その時専務に、「私もスタッフですか」と聞いたらサ、「君はわが業界の動向、景気を専門に分析したり、研究する役割りダ」と言われてね、相当ショックだったヨ」

「お前が居て、それは無いよナ」

純一は同情するしかなかった。

「経済企画課長には、副会長の会社の吉川商会で人事課長をしていた君川という男が就任したんだが、この男法学部出で、景気分析などズブの素人なんダ。その上専務から、「君のスタッフの女子職員二名は、経済企画課に移す」と申し渡されたんダ。「私の部下はどうなるんですか」と聞いたらサ、「うちも不況で会費収入が減っているんで、当分君一人で我慢して欲しい」ときた」

ウイスキーのボトルは既に空で、ブランデーを開けていた。深刻な話が続いているだけに、酔いが余り回らない二人だった。

「丸で余計者扱いだナ」

「そう思ったナ。この問題がおきた時、俺が弱気になって、断筆したり、テレビ出演を断ったのが裏目に出たと思ってネ、講演も執筆もテレビ出演も再開し、自分から積極的に売り込みを始めた」

純一は、益々、見えない影を感じた。

嘘

純一と森山は二時間余り、熟睡していた様である。時計は午後の三時半を指していた。

「オイ、起きて昼飯食おうヨ」

「そうだナ」

陽子の用意した食事をとり、陽子に
「ボトル二本はもう空いた。内に日本酒あったろう。用意して」

純一の言いぶりを森山は、「丸で子供のようだ」と思い、純一の意外な一面を見た気がした。

「燗にします、冷やで」

「冷や」

陽子の用意した酒をコップに注ぎ、

「良くもまあ、次々と変な事ばかりおきるナ。お前のところの組織の常識は社会の非常識、俺だったら勤まらない」

純一は「しまっタ」と思った。森山の転職も止むを得ないという現実を、是認する様な言葉を吐いてしまったからだった。

「次はもっと酷い話だ。全く身に覚えのない事を、事務局長から言われた。この時は、本当に人間不信に陥ったナ」

森山は話を続け、

「ある日ナ、事務局長から室に呼ばれ、「君に関する大切な情報を教えるから、絶対に他人に言わないでもらいたい。他言する様だったら教えない」と言うんで、「他言はしない」と約束したんだ。それは自分の事だから知りたいからナ」

事務局長の森山に関する情報とは、次の様な話だった。

役員総会の夜、役員と職員の懇親会が開かれ、その席で森山は酩酊し理事にからみ、副会長と専務理事が酒を酌み交している間に割り込み、暴言をはいた。それを見た会長が激高し、次の役員会で森山の懲戒処分を提案すると、専務理事に指示したというのだ。

森山は、

「その日は、俺は下座で若い職員と話しながら飲んでいたし、酩酊して無いのも覚えていた。暴言をはくので有れば、副会長や専務に不満を持っていたのか、何かストレスを溜めていたのだろうが、不満もストレスも持ってなかったんダ。俺は、「あの日の事は明確に覚えてるし、確信もしている」と反論した。幻想の世界に入った気がしたナ」

森山の反論に事務局長は、「君は酒癖が悪いのを自分で気付いて無い。あの時僕も横で見てたが酷いものだった」と言ったという。

森山は、「そこまで言うのなら、直接会長に聞く。本当だったら自主退職の覚悟です。さっきの約束は反故にします」と言って室を出たところ、事務局長は追っかけて来て、震える声で、「他言し無いと言ったじゃないか。せっかく重要な情報を教えた恩を裏切れば、これから君には何も言えないナ」と言い、狼狽したという。

「全く筋の通らないストーリーだな。何か有る。事務局長が、全くの出鱈目な嘘の話をお前にする理由はどこに有ったのか、考えてみた事が有るのか」

「無い」

「確かに人間は意地悪なところがあって、出鱈目を言ったり、デマを流したり、集団で苛めて、本人が精神的に参った姿を見て、快感を感じたり、自分の不安を解消したりするところが有る。例えばヨ、お前が講演したりテレビに出る事を妬み、俺もアアしてみたい、アアなりたいと思っても、他人の目が恐かったり、自信が無いから何もし無いし、でき無い、これが世の中の大半の人の人生だろうナ。妬みが原因だろうナ」

純一は話を続け、

「ところで、事務局長とお前の間に何か確執が有ったとか、恨みを買う様な事が有ったのか、考えてみた事有るか」

「イヤ、何も無い。以前はサ、良く事務局長と飲んだりしたし、相談にも乗ったりしていた。そんな関係だったのに、急に態度を豹変させて、あんな嘘を俺に言って、何故不安に陥し入れ様としたのか、全く理解できないんダ」

「事務局長は出向者なの。天下りなのか」

「プロパーの叩き上げだ」

「だったらお前と同じ釜のメシを食った仲間だから、お前に対しそんな態度とるのおかしいけど、案外とプロパーの立場って弱いところが有るから、外からの圧力で、止むなく嘘をつかざるを得なかった事も考えられるよナ」

「俺もそう思いたいんダ」

「オーイ、酒が無くなった」

陽子は心配して、

「もう、この位にしとかないと、本当に体に毒ヨ」

「良い、今日は飲みたいんだ。森山も久し振りだしネ」

「じゃあビールなら」

「ビールで良い」

さすがの二人も、相当酩酊している風だったが、会話の中身は明快だった。こんな純一を見たのは、陽子にとっては久し振りだった。

苛め

これまでの森山の話を、純一は頭の中で整理してみ様と思った。

「ちょっと休戦して、ひと休みしよう」と言いながら、純一は横になると、直ぐに鼾をかいていた。森山も仮眠し、それから次の事を考えてみたかった。

純一が目を覚ましたのは、夜の八時だった。キッチンに行くと、陽子から、「夕食は」と聞かれ、夕食をとる事にした。

「森山さんは」

「相当精神的に参っている様ダ。休ましてやろう。もし夜遅くなったら、内に泊めてやれば良い」

「明日のお勤めは、どうされるのかしら。あなたと違って真面目な方だから」

「午前中年休をとれば良い」

夕食をとりながら、そんな会話をしていると、森山がおきてきた。

「夕食は」

「今日は、腹が受け付けない。奥さん、お茶いただけます」

不思議な事に二人共、既に酔いは醒めていた。

「今夜はどうする」

「久し振りに、泊らせてもらうか。家に電話しておこう。電話貸してくれるか」

「電話は玄関口にある」

森山が妻に、「今日は実に楽しい。久し振りだから、神村のところへ泊っても良いだろう」と奥様に電話している声が聞えた。無断外泊が平気で、しかも外泊の多い純一と比べて、「森山さんって、何と優しい人なんだろう」と、陽子は思っていた。

森山は、

「お母さんの許しが出ましたので、今夜は泊まらせてもらう。陽子さん、申し訳有りません」

本当に嬉しそうだった。

また二人は、室に籠った。

純一は、

「俺はナ、さっきから考えていたのだが、これにはお前に対する苛めか、何か裏が有る。間違いない」

「子供の世界には苛めが有るが、大人の世界には無いだろう。裏ってのは何ダ」

「誰かがお前を恨んでいるか妬んで、裏で糸を引いてるんじゃないのかって事ダ」

「俺の周りにそんな人間が居るとも思えないしナ」

小中学校での苛めが深刻だと、毎日のようにマスコミが報道していた。自殺する子供も出て、テレビのワイドショーでは、心理学者や心療内科の医師が出演して、自殺や苛めの心理分析をし、コメントしていた。心理学の好きな純一は、そんなワイドショーを、食い入る様に見る事が多くなっていった。

「また酒を飲むか」

再び酒盛りが始まった。

「不況で業績の悪い会社でリストラが進んでるが、自分だけは生き残ろうと、内部告発やデマを流される事が、日常的におきているらしいヨ」

「内部告発って、どんな風にするんダ」

「どこでもワープロで書類や文章を書く様になってから、誰が書いたか分から無くなっただろう。昔は筆跡で誰が書いたか、おおよその見当がつく事も有ったから、余り具体的な内部告発はなかったが、ワープロで作られた内部告発の文書は、具体的だったり内容はデマも多いらしい。告発文書を作って、社内の有力者や、警察、検察、マスコミに匿名で投書するんダ。投書する者は、他人を陥れ、自分だけは生き残ろうとする。もし、犯罪を白日のもとに更せれば、正義の味方みたいな気分になれるんだナ。異常というか陰湿な正義の味方だよネ」

「そんな事がまかり通れば、他人を全く信用でき無くなるナ」

「それはそうと、これまでの話以外には、もう無いだろうナ」

「イヤ、業界に「森山は辞めて独立するらしい」とデマを流された事も有ったし、同僚が全く俺と付き合わ無くなったりもした。他人様が俺と付き合わ無くなったのは、相手様の都合だからしかたないけどネ」

純一は、どう考えても森山に非は無いのに、ここ数年、何故こうした事件らしい事が次々とおきたのか、その辺りを知りたかった。

「これまでおきた事を、誰かに相談した事が有る」

「そうだナ、同僚の井野君雄と、以前うちの専務に出向して来ていた春野工業の山谷専務に相談した事が有る」

「その井野という男には、どんな相談をした」

「そうだナ、事がおこる度に飲みながら悩みを打ち開けたナ。割と親身に相談に乗ってくれてたんだが、不思議に井野は自然に俺から離れていったんだ。偶然地下鉄で席が隣同志になった時、全くモノも言わず、知らぬ振りをされ、参ったナ」

「山谷という男とはどんな関係ダ」

「専務で出向してきた時、ちょっとスキャンダルが有ってね、その裏を偶然知ったんダ。俺には全く関係が無いんで、知らぬ振りをしてたところがサ、「君も知ってるだろうが、知らない事にしておいてくれ」と頼み込まれたんダ」

「そのスキャンダルとは何ダ」

「女性問題で、うちの職員なら誰でも知ってた話で、あえてスキャンダルと言う程の話ではないので、「何の話ですか」とわざと聞き返したら、「知らないなら良い」と、ニヤッと笑って、その話は終った。割りと強引でプライドが高く、会社では彼から左遷された者も多いと聞き、専務理事に出向してきた時、皆は心配したが、俺には割りと親切だった。そのよしみで相談を二、三回話したナ」

「お前の話を聞けば聞くほど、分から無くなる。おきた事件は確かにお前に対する苛めである事は間違い無い気がする。ところでその専務理事の山谷と、最近会ったのはいつだ。山谷について少々知りたくなった」

「最近会ったのは、昨年の暮だ。おかしいと思ったのは、知らないハズの俺の家に電話をかけてきて、「大山ホテルのレストランで会おう」と言ってきたんダ」

「何故、電話番号を知らないお前の家に、急に電話してきたのか、実はそこにその問題解決のヒント、鍵がある気がする。お前もそう思うだろう」

直感

純一は森山の話してきた内容を、相当部分を頭で整理し、関係した人物の全てをメモした。森山に対する苛めに近い不思議なでき事を、時系列的に森山から聞き出し、全体像を推理してみたいと考えた。

時系列的にでき事を整理し、関係した人物の言動とを突き合わせてみれば、森山の知らない影の部分と、でき事の要因がもしかすると、おぼろげにでも分かるかも知れないと思った。それは純一の直感めいた感覚だった。

森山は山谷と会った時の事を、話しだした。

「ホテルで会って、これまでおきた事を順番に話したんだ。そうすると、山谷常務に全く相談した事も無い話を知ってるのには驚いたよ。俺の話を聞きながら、ニヤッて笑ってサ、「アア、あの話ナ」と納得した顔をするんで、山谷常務の情報収集能力には感心した」

「お前、その時おかしいと思わ無かったのか。鈍感過ぎるヨ」

「全く変な話をしだしたんだ。「そんな楽しくもない職場辞めたらどうだ。君には実績もあるんだから、自立も一つの方向ダ」とネ。俺が、「自立しろと言われても、直ぐという訳にはいかないし、ある有力者に相談中なので」と言うと、「その有力者は誰ダ」と聞かれた。「それはいくら山谷常務に対してでも申し上げられません」と断ると、「分かっタ」と机を叩いて、席を立ったんダ。それ以降は会って無い」

純一は森山に対しておきたでき事の全容が見えてくる気がしたが、その原因、背景が分から無ければ、森山はやはり転職する気がした。

「オイ、もしかすると、全容が分かるかも知れ無いゾ。事がおきだしたのは、山谷常務が会社に帰る前後から。変な動きが止んだのは、今年に入ってだろう」

「そうダ。何故お前がその事が分かるんダ。単なる推理だろう」

「オイ、水曜日の夕方、空いてるか」

「空いている」

「少しでも早く会いたいから、五時半に、そうだナ、うちの前のビルの地下にある「さき子」で会おう」

「いいヨ」

二人が枕を並べて寝るのは、十年ぶりだった。

純一は頭が冴え、なかなか寝つけなかった。森山が今日一日話してくれた事を、何度も何度も繰り返し整理すると、影の部分がより鮮明になり、純一は「私立探偵になっても面白いナ」と、子供じみた事を考えていた。

朝、純一が目を覚ますと、森山は既に帰宅していた。陽子によれば、朝六時におきて帰宅したという。陽子は、「うちの亭主であれば、おそらく午前中か一日の年休をとるだろう」と思っていた。

推理

純一は、森山の身の周りでおきたでき事を、時系列的に、でき事の内容と人間関係の全てを整理していた。それにしても、すさまじい人間のドロドロとした怨念や妬みの感情が渦巻いている現実に身震いした。日々の生活の中では、もっと些細な摩擦が多くあったはずだと思うと、森山が転職を熱望しているのに、「女房、子供のため」という奇麗事で、「男だろう。耐える事が第一義ではないか」と説教する自分は、意外にも高慢な性格か、事無かれ主義の人間ではないかと、自己嫌悪に陥り勝ちだった。

先ず、森山に対しておきたでき事で、問題となる期間を、山谷の専務理事退任の半年前から、森山と山谷が大山ホテルで会った時までの期間に絞り込んだ。

今年に入っての森山に対する、テレビ出演や講演での発言や、森山の手違いによるミスへの批判は、頭から外した。テレビ番組の会員企業からの批判は、有名人に対する妬みへのバッシングという世相を反映した現実である気がしたし、不特定多数からの批判という事で、裏に何かが有るとは考えられ無かったからだ。

講演を断った事からおきたトラブルは、明らかに森山の気配り、配慮が欠けた事からおきた事件であるが、たかだか日程のことくらいで大騒ぎするのは大人気無いし、むしろ社会全体が些細な事を、針小棒大に騒ぎ立てる風潮を、純一は危惧していた。

事務室内の不要品を整理して欲しいと専務理事が森山に指示した事を起点に、以後おきたでき事に対する疑問点を、整理してみた。

最も疑問な点は、主任研究員という研究を任とする森山に、何故オフィス内の不要品の処分を指示したかである。その真意を直接専務から聞き出す事が、疑問を解く最も早い手段であるが、そういう訳にはいか無いと思った。疑問を解く鍵は、山谷と森山の間の人間関係を解きほぐす事に無いと思われた。

森山がある程度はこなしていた景気分析の業務に、何故新しく経済企画課を新設し、それも担当課長に、法学部出身で人事畑の、景気分析には全くのズブの素人を出向で据えた事も、大きな疑問だった。その上、森山のアシスタントの女子職員を経済企画課に移動させ、森山に部下が居ない状態にした事も、不思議であった。経済企画課新設の経緯、背景を探る必要が有ると考えた。

事務局長が、森山に関する重要な情報を教えてやると持ちかけ、森山を嘘で不安に陥れようとした行為も、疑問だらけだった。森山は後日、酒宴の席で近くに居た二人の女子職員に、「俺、この前の役員との懇親会の時に、酩酊して荒れてタ」と聞くと、「何も覚えて無ければ酩酊していたのだろうけど、自分で覚えているんだから酩酊してなかったし、何も無かったワ」と言われたという。

事務局長の発言と、森山が自覚している現実との間に、余りにもギャップが有り過ぎると思うと、疑問はいよいよ深まった。

「森山が自主退職するのでは」というデマを流した犯人を捜し、デマを流した意図を聞き出そうとしても、決して本音は吐かないだろう。けれど、犯人の人間関係を探れば、やはりどこかに糸口がつかめる気がしていた純一だった。

純一は、森山におきたでき事の背景には、必ず裏で糸を引く人物が居て、その人物の指示、命令で多くの人が動いたとしか思えなかった。純一がそう推理した理由は、森山が団体におれなくなるような環境をつくり出そうという意図が、全てのでき事に共通して有るのではと考えたからだった。

森山の悩みの相談相手となった井野と山谷の言動に不審な点が多く、問題解決のキーワードは、この二人に有ると考えられた。

第一、職場の一番の親友だった井野が、何の理由も無く、森山から離れていったという行動は、余りにも不自然だった。森山は、井野が離れていった理由が、全く思い当たら無いという。それと、森山の身辺の事や悩みを、山谷が想像以上に詳しく知っていた事は、身辺の事や悩みは井野以外には語った事が無いという事実からして、井野が山谷に話したという以外に考えられなかった。純一は井野と山谷の関係が詳しく分れば、案外と森山に対しておきたでき事の原因が、解明できる様に思えた。

一企業の常務が、昔上司だったとはいえ、「経験を生かして、自立したらどうダ」、「面白くない職場にいてつらいだろ。辞めたらどうダ」など、森山の人生にまで深入りして介入しようとした山谷の言動の意図が、何とは無しに、森山に対するでき事の背景、要因ではないかと考えるしかなかった。

純一は、でき事を時系列的に整理し、関係者の言動の裏にある意図や疑問点を詳しくメモ用紙に書き込み、森山に質問してみれば、案外と簡単な相関関係図ができ上がり、全てを解明できると確信した。

解明

森山は夕方五時前から「さき子」に行き、既にビール数本を空けていた。純一は約束の時間を二十分ほど破ってしまった。森山に対するでき事を推理ゲーム風に完全に解明するため、最後の頭の中の整理していたためであった。

「申し訳無い」

「どうってこと無いヨ」

「何を頼むかナ」

純一はビールと肴を注文し、「オイ、人に見られ無い場所に移動しよう」と言い、二階の小部屋に移った。

「オイ、今夜は正直に本当の事を言ってくれ」

「俺がお前に嘘言った事など無いゾ」

「嘘言え、女房殿との恋愛は、嘘だらけだったじゃないか」

「そんな話は、嘘を言うのが当たり前ダ」

「実はナ、今晩、大変な事が判明し、森山は目を回して、寝込むかも知れないゾ」

「何を大げさに言ってるんダ」

純一の言葉に、森山もただならぬ気配を感じた。

「あのナ、最初に聞きたいのは、井野と山谷の関係だ。どの程度親しいのダ」

「そうだナ、普通だろうナ」

「井野とお前の関係は」

「そうだナ、同期で、井野と俺は最初総務課で机を並べた仲ダ」

就職して十年後、二人は主任研究員と経理畑に別れ、人生を送る様になったが、その数年後、井野が仙台支部に転勤を命じられた。その時井野は、「何で私が仙台に行かなければならないのですか。私が転勤させられるのなら、同期の森山も転勤させるべきダ」と、当時の専務に食ってかかったという。専務は、「主任研究員は、東京に居て情報を集め分析するのが仕事ダ。地方では仕事にならん」と井野の申し出を拒否したという。

純一は森山の話を基にし、作成した相関関係図に、仲が良い、利害関係が一致する関係には○、仲が悪く、利害関係の反する場合は×印を記入する事にした。判断でき無い場合は△を記入し、相関関係図ができ上がれば、森山の身の周りでおきたでき事の、背景、要因も解明できると考えていた。

「次に聞きたいのは、お前が辞職して自立するとうデマを飛ばしたヤツの名前を知りたいんだが」

「それは具体的には分らんが、井野か、もう一人の同期、山上の可能性が強い」

純一は、山谷と井野の間に○、森山と山谷の間に△、森山と井野の間に×を記した。

「事務局長と山谷、そしてお前の関係というか仲はどうだった。それと事務局長というのはどういう人物なんダ」

「そうだナ、プロパーのなれるトップの座に着いたんだから、実力は相応に、人柄も良いというのが一般的な評価だろうが、不思議と部下には人気は無いし、信用も無いんだ。俺にとっては全く関心の無い程度の人物だ」

「何故ダ」

「歴代の専務理事の茶坊主として、引き上げてもらったというのが専らの噂だ。専務が手足として使うのには、イエスマンだから、実に都合の良い人物ダ。だからダ」

業界団体のプロパー職員は、会員企業からの会費収入で飯を食わしてもらっているという弱味があるから、どうしても会員企業からの出向職員に対しては、一歩も二歩も引けた姿勢になるというのだ。極めて日本的な秩序であり、バランス感覚だと純一は思った。

何でも専務の言いなりになり、全て伺いを立ててからしか行動しない事務局長の姿は、日本の社会には結構多い人物像で有ると思えた。本人は精いっぱい勤勉に努力しているという思い込みが有るのだろうが、自己というものが全く無い人物を部下が信用するはずは無いと思えた。

「山谷が手足として使ってたのは分ったが、本音のところの評価はどうだったんダ」

「完全に全員が馬鹿にし切ってたネ」

「そうだろうナ」

純一はそう言いながら、森山が先日話したある言葉を思い出した。山谷が本社に戻り、事務局長が森山に関する情報を教えると、嘘を言い森山を不安に陥れようとした前後から、事務局長が、「僕は山谷さんの評価が非常に高くて、良く飲みにも連れて行ってくれてるヨ」という自慢話を、周囲にしているという言葉であった。

山谷が事務局長をパートナーとしてではなく、部下か手下としてより手足に使ったに過ぎず、小馬鹿にされていた事務局長が、何故急に「山谷さんからの評価が高い」と、自慢話をする様になったのか。

「裏が有る。お前に対するいやがらせの全容解明の鍵が、山谷の事務局長に対する評価が変った事に有る、そう断言できそうダ」

「裏って何ダ」

「お前、相変わらず脳天気だナ。あのなア、山谷が事務局長を誉めたのは、お前に嘘を言って不安に陥れ、お前が自分から辞めていく様に仕向けた事に対してダ。そこまで言えば、影というか裏の仕掛け人が誰か分るだろう」

「そう言われてみればそう思えるけど、何で山谷専務が、俺が自主退職するように仕向ける必要があったのか、理由が分からン」

要因

「では、お前に事務所の不要品の整理というか大掃除を命令した専務理事と井野の関係はどうなんダ」

「それは専務理事の先輩、後輩として普通のツーカーの仲と思う」

「オイ、見てみろ、お前に対しておきたでき事に関係した人物は、全て山谷とつながり、しかも関係が深い。そしてダ、関係者は元々お前との間には、何の恨みも無いし損得の無い連中ばかりなのに、嘘でお前を自主退職に追い込もうとしたり、デマを流したり、変な命令をしている。どう考えたって異常としか言い様の無い話ばかりダ」

「そう言われてみると、納得がいくナ。それより山谷が「ホテルで会おう」と言ってきて、「そんな楽しくもない職場辞めたらどうダ」と、自分から辞めていく様に懸命に強制する、俺は、「いらぬ世話」と思いながらも、不思議なアドバイスをする男だとも思ったヨ。その上、「君は実力も有るから、自立も一つの方向だ」とも言った。何故わざわざこんなアドバイスをしに俺を呼び出した理由も分らなかった。そうダ、それより、俺が山谷に話したり相談もしなかった俺の事を実に詳しく知っていた事を、あの時は情報収集能力のすごい人だと尊敬していたが、井野が山谷に話したんダ。それしか無い。そんな単純な構図だったのか」

森山から身の周りでおきたでき事を聞き終えた時、純一が何か背後にある、影らしいものを直観したのは、森山が話もし無かった事を周りの関係者は知っていたという、その一点にあった。上司であった男が、部下の男の人生や身の周りの事に、そんなに関心を持つのだろうかという疑問だった。もし不景気で仕事量が減って暇になったからだとしても、山谷は一流企業の常務という立場にあり、日々の仕事量は普通のサラリーマンの数倍は働いているハズである。そんな山谷が、森山に関する事を詳しく知っている事自体が、不自然だったのである。

山谷が森山をホテルに呼び出し、退職して自立する事を強制したのは、幾人も使って森山が自主的に辞めていく様に仕向けたが、何の効果も無かったので、ついに万策つきて、当の本人が、森山が辞める様仕向けるため登場したというのが、事実であろう、そう推理するしか無かった。

事実関係の推測はできたが、何故山谷が森山を自主的な退職に追い込む必要があったのか、どうしても、山谷の目的意識が、全く理解できてなかった。山谷の目的意識が分ら無ければ、純一の推理も水泡に帰するだろうし、再び事件がおきる可能性があった。最も大切な事は、森山が防ごうとする手段を知り、自覚して自己防衛する事であった。

少なくとも山谷を会社が業界団体の専務理事に出向させたのは、業界のトップ企業としての威信を示そうとしている事と、山谷を業界全体の将来像を描ける人材に育て様とという会社の意図があった事は、事実である。だからこそ、一年半余りで、本社に復帰し、常務となり、社内でも「将来の社長候補」という評価が定着しつつあったのであろう。また、業界団体の専務理事というキャリアが、山谷には将来社長になるためには不可欠だったのである。

森山もそうした山谷の人生の将来像を描き、懸命に山谷を支援し、業界の内外の情報を提供してきた。だからこそ、山谷のスキャンダル問題等小さなでき事と済ませる事ができたし、山谷のスキャンダルは自分に全く関心の無い事と思う事ができた。

そう信じてきた山谷への森山の思いとは逆に、森山に対する山谷の仕打ちがもし事実であるとするならば、その真意がどこに有るのか、最も知りたい点であった。その真実を知る事は、森山にとって、人間の惨酷さに「真正面から向き会え」と、強制している様なものだと、純一は思っていた。純一自身、人間は惨酷な動物だとは決して信じたくは無かったが、その惨酷な現実を少しでも知った時、純一は身ぶるいしたし、友人に「立ち向かえ」と命令している自分が、最も惨酷だとすら思えた。

森山は純一のアドバイスや直言を率直に聞き入れてくれるが、純一は自分が事務局長と同じ様に、森山の不安と動揺に快感を感じていたのではないかと、自己嫌悪に陥り勝ちだった。純一が自己嫌悪から逃れるためには、自らが推理した背後に山谷の存在がある事を森山に確信させ、山谷の意図を解明する以外に、途は無かったし、森山を救う途は無いと思えた。

「お前、山谷が専務の時、何か反発したり批判したり、損得に関係する様な事が有ったりして、山谷から恨みを買うような事は無かったか」

「無い。第一サ、俺の人生の座右の銘は、「君子危うきに近寄らず」だろう。言われたことは完全に応えたが、それ以外は関係して無い。あんなプライドの高い男にナ、大体人間関係で深入りして、成功した試した人間など、ほとんど無いからナ」

「お前も実は、近寄り過ぎた、実はその事に気付いてなかったのじゃあないのか。油断大敵を忘れてたのじゃないか」

「余り俺を馬鹿にするな。山谷は程度の知れてる連中を連れて、釣りやゴルフ三昧が専務理事時代の日課だったんだゼ。程度の知れてる連中の四、五人全員は、うちの団体が会費収入の激減で合理化策が打ち出された時、全員解雇された。全員サ、「山谷さんの懇願」と言って、「名誉だ」などと信じて辞めていったんだゼ」

「その後の連中の関係は」

「知るか。連中は単純に「山谷さんのため」という思いしか無いんだし、山谷はそんな連中を利用してリストラ策を演じ、本社から評価されて一年半で復帰したんだから。山谷の本音は、連中は使えないゴミ駒だと切り捨てる事で、プライドを維持している様な男なんだ。器の大きさを演じてるが、案外と小心な男だった」

山谷の人物像が次第に明らかにされていく度に純一は、

「その連中の中で、お前に恨みや妬みを持ってるヤツは居なかったか」

「連中はそれほど悪じゃない。単純過ぎる位純粋。欠点は山谷の学歴や経歴と、社会的地位を過信し、盲従した事ダ」

森山の言葉は、山谷の裏の実像と、森山に対する酷い仕打ちの実態を知り、山谷という人物像を断罪したかった。

「オイ、山谷ってどんな経歴の人物なんダ」

「旧帝大系の大学を卒業したと聞いているが、どこの大学かは知ら無い。本当は官僚を目指したが、学生運動の過去が災いして役人にはなれなかったと聞いている。本当は民間の方が、学生運動という過去を気にするんだが、山谷は持ち前の世渡り上手を活かして、大学の先輩の居る会社を訪問して、今の会社に採用されたらしい」

「その山谷がどうして、社長候補にまでなれたんだろう」

「運、世渡り上手、それに冷酷さダ。冷酷さは企業にとって、必要な事なんダ」

純一は、山谷という人物を知ら無いが、人格の全貌が見えてくる気がした。人間の惨酷な部分だけを持っている人物と思え無かった。

純一は、山谷の実像を見抜いた時、本当に許せ無い気がした。山谷に支持され、したくもない森山に対する仕打ちを行動した彼らは、実は森山への加害者では無く、森山と同様、被害者ではないかと思われた。

「お前に加害行為を行なった連中はその後、お前に対してどう接してきている」

「そうだナ、何も無かった風にして接してくる。罪の意識は全く無い様な気がする。ただナ、俺が山谷に「ある人に相談している」と言った後からは、トラブルや摩擦は少なくなったが、未だ後遺症は残ってるらしく、俺には冷たい人間が多いんダ」

「それはどういう事ダ」

「俺の本務である業界の動向とか、景況を取りまとめ、業界紙に月例報告として発表する前に、関係者が集まり俺が説明する。俺の分析、判断が正しいかどうか、関係者で検討するためにするんだが、大体素人ばかりなんで、意見が出る事は先ず無かったんダ。ところがダ、事務局長が俺に嘘を言った辺りから、二人の職員が、俺の分析結果を完全否定し、全く逆の意見を強調する様になったんダ」

「連中の意見に一理が有るのか」

「全く無い」

純一はこの話を聞いた瞬間、山谷と、山谷を取り巻く連中の無責任体質に、背筋の寒くなる以上の悪寒を感じた。森山の分析、判断を全面否定した結果が業界紙で報道され、業界全体が誤った方針を選択する可能性が有る事についても、何の問題意識も無い事だった。連中の目的意識は、森山が自主的に退職していく事、連中の大将気取りでいる山谷の野望を満足させる事以外に、彼らには問題意識が無い事だった。団体でも企業の活動でも、人間の営みの一つだと割り切っても、モラルを失えば、組織秩序は崩壊するという事を、連中は全く分ってい無いと思えた。

「ところで、全てが判明しつつあるが、決定的な要因は、本当はお前が一番気付いていているべきだし、ハズなんだ。おそらくこの一連のでき事はダ、お前のノー天気ぶりと、ある油断からおきたと俺は思う」と、純一は断言した。友人森山との、友情をかけた、切羽詰まった純一の発言だった。

「これで全てのドラマは終ったと言って良い。森山、お前の今の本音をもう聞かせろヨ」

「そうだナ、俺は主任研究員という権力も予算も無いポストを与えられた時、実は辞めようと思った。ところが、女房に子供ができ、とはいっても俺が家族の主役になったんだから、俺が所得を失う訳にはいか無くなったんだ。父親から田舎の酒屋の「跡取りになれ」って言われた事を、聞いとけば良かったと思った事もあったが、東京で大学を卒業して、田舎に帰って跡取りになるってのは、都落ちみたいなイメージがあったから、俺は田舎に帰らなかったんダ。跡は妹が取って、今幸せにやってるんダ」

　森山の日頃からの純粋な思いを、純一は久しぶりに聞いた思いであった。森山は酒屋の息子として、何の苦労もなく育ったため、純粋な心を持ち続けられたのだろう。そこが森山の魅力だし強味、持ち味なのだが、しかし、都会で世間を渡っていく上では、むしろ弱点となっている気がした。

　強味、持ち味を生かしたポストに就け、縦横無尽に活躍させる度量を持った上司に恵まれ無かった事が、森山の不幸だった。もしそうした上司に出会えば、森山の人生は全く違った途を歩んでいたに違いなかった。

　森山を世渡り下手と言えばそれまでだが、主任研究員というポストに就いた時、純一は森山が果たしてそんな任務が勤まるかとも心配した。しかし、森山は苦手というハンディを乗り越えて、テレビや新聞に登場する様になり、話下手を克服して、全国を講演する様になっていた。何故、業界は森山を業界の広告塔として利用しないのか、不思議に思えた。純一の単なる身びいき的な評価としか思え無いのが現実だった。

あらゆる状況判断からして、山谷の森山に対する仕打ちの真意は、森山の講演、執筆、テレビ等への出演などに対する妬み、嫉妬以外には考えられなかった。森山に対する関係者の言動を一つひとつを検証し、不確実で論証でき無いものを削ぎ落としていくと、結論は、山谷の森山に対する妬み、嫉妬以外に無かった。

森山は、山谷が本社復帰する時の送別会で、「組織の妬みは男の妬みより恐い、男の妬みは女の妬みより悪い、これが世の中だ」と別れの言葉にしては実に不思議な挨拶をしている事を思い出していた。その言葉は山谷が、山谷自身への自戒の言葉であったにかかわらず、山谷は自らの嫉妬心を解消するための矛先きを森山に向けたのであろうと、純一は森山に話した。

純一は、「男の嫉妬がこんなに恐いものだとは知らなかった」と言った。森山は、

「お前こそノー天気ダ。世の中の一般の人達は、周囲の嫉妬が恐いから、目立つ行動から逃げるゼ。聖人君子風に言うとダ、「誠意」を持って当たる、俺程度の人間だったら世の中のでき事を無視する、それが世渡りの一番と思ってるヨ。神村、本当にありがとう。感謝してるヨ」

純一は、森山の体験を通して、人生で初めて人間の業や本性を見た気がした。それでも純一に

は未だ疑問が残っていた。経済的に豊かになった日本社会、その中で分相応以上の地位、所得を得ている男達の心の本性であった。森山が仕事にしている講演、執筆、テレビ出演等は、山谷には全く関係の無い事だったし、山谷にはおそらくできない相談である。山谷は森山の数倍の所得があり、社会的信用のある地位に就きながら、自分にでき無い事をしている森山を妬み、存在を消して不安を解消しようとした。人間の無限の欲望の深さを見る思いがした。

森山は、今後の事について、「おそらく俺を取り巻いておきたでき事で、組織内の人間関係は壊れてしまってるだろう。そんな雰囲気になっている気がする。職員同志で飲みに行く事も無くなったし、楽しい会話も無くなった。職員旅行も廃止となったし、コミュニケーションも無くなった。この人間関係を少しでも改善する努力が、第一歩だ。俺は俺の途を行くという生き方が、もはや許されない世の中になったんだ」とも言った。

組織であれば、役所でも団体でも会社でも、おそらく森山の様な仕打ちを受ける人物が出たり、派閥や人事抗争がおき、一気に組織機能を低下させたりする事は、日常的におきる可能性がある。会社という営利を目的とした組織であれば、直ぐに株価や業績が反応し、株主や取引き先きの監視の目が有るため、軌道修正する力が働く事も有ろうが、森山が働く「団体」という組織に、果たして軌道修正する力が有るのか、疑問だった。

ところが役所や団体といった非営利の組織は、機能が低下し、組織自体が瀕死状態にあっても、先ずこの世から消え去る事は無い。森山は、「内の組織はもう死んだ状態だ。殊に規制緩和で会員企業間の競争が激化してきていて、全くまとまりが無くなったし、その上、俺を廻ってのお粗末なゴタゴタで、職員は「出る杭は打たれる」と、仕事をしている振りをしている者が増えてきた」と、現状と将来を憂えた。

「お前のところだけじゃない。あちこちで同じ様な話は聞くゾ」

「そうだナ」

数ヶ月後、森山の耳に、山谷が失脚したという情報が入った。人事抗争から、山谷が会社の経費で土地をころがし損失を与えている事が、社員の内部告発で露顕し、役員のポストを失ったらしかったのである。森山は、「何の感慨も無い」と、純一に言った。

純一は、山谷が森山を攻撃しておきたトラブルが、何を生んだかを考えた。多くの人が深く関係し合い、からみ合ったが、それぞれの間の人間関係を損ない、心の傷を残しただけとしか思えなかった。

相談

純一が転勤する噂が流れた後は、部下の大半が知らぬ振りをし、業務上の伺いや相談を全くし無くなった。部下にとって、もはや不用な人材となってしまったと、純一は実感した。選挙で落選した候補者の選挙事務所からは、それまでの熱狂的な支援者までもが、潮が引く様に消えていくという話を聞いた事が有ったが、純一はまさに落選した候補者と同じ環境に有るのだと思った。「人間は冷たい」と、つくづく感じたが、人間の生き抜く知恵と考えなければ、自分が惨めになりそうだった。

純一の転勤が決まった頃、テレビ、新聞は毎日の様に、オウム真理教事件を伝えていた。世の中が騒然とし、何とは無しに落ち着きが無くなり、閉塞感が覆いつつあった。

純一の元へ、次々と見知らぬ人が訪れ、「相談に乗って欲しい」と、深刻な問題から、全くどうでも良い、無関心な問題までが持ち込まれ、純一は、「何で俺だ」と、不思議でならなかった。訪ねてくる人達の職業は取り引き先のクライアント、市町村職員、クリエーター、ゼネコン社員、そして身分も社会的地位存在も不明な人達で、全体でおそらく二十人は下らなかったろう。

彼らの渡してくれた企画書、提案書を自社の封筒に入れ、机の上に積み上げていったら、二十日余りで三十数通、五十センチメートル以上にも達していた。

彼らは何を純一に相談に来たのかを、純一は知りたかったが、全く解けなかった。最も知りたかったのは、身分も地位も存在も不明な人達の真意だった。

中年女性の藤橋は、突然と訪ねてきて、「神村さん居られますか。私は藤橋と申すんです」と名刺をくれた。純一は、何か危うさやうさん臭さを感じ、自分の名刺は渡さなかった。

「もし良ろしかったら、地下の喫茶店でも参りましょうか。お時間ありますか」

「ええ、ええ、時間はあります」

二人は地下の喫茶店「エルム」に入った。

「ところで、ご用件は」

彼女は延々と、自分の人生経験を語り始めた。三十分以上の、手前勝手な話し振りに、純一は少々うんざりした。

「それで」

「さっきお話しした商品開発のお話、お分かりいただけました。スポンサーがおられましたら、ご紹介いただきたいのです。もし成功し実現できたら、神村さんを社長にお迎えしても良いと考えておりますノ」

純一には全く関心のない話であり、何故社長にならなければならないのか、何故投資するスポンサーを捜さなければならないのか、何故純一という存在を知り訪ねてきたのかも分らない、「何故」だらけの話だった。

「ちょっと忙しいので、またお電話いただいた上で、お話お聞かせいただきますか」

「大変申し訳ありません。それはそうと、良ろしかったらお名刺をいただけませんか。申し訳ありませんが」

うさん臭い人物に名刺を渡し、何度か悪用された経験があり、

「大変申し訳ございません。名刺を今切らしてまして」

「ではお宅の電話番号だけでも、お教えいただければ幸いなのですが」

純一は、横にあったティッシュペーパーに、ボールペンで、自宅の電話番号を書いて渡した。

突然やって来た珍客藤橋は、

「今日はごちそうになります」と、純一がコーヒー代を支払うのを当然の事の様に言って、立ち去った。

数日後、また全く見知らぬ中年女性が、純一を訪ねて来た。

「神村さんですか」

「何かご用でしょうか」

「利殖とか投資の話は、全く興味は無いんで、もしその方面の話であれば、結構です」

「いいえ、リゾート開発の件で、もし良ろしかったら、相談に乗っていただけたらと思って」

平成商事は昔、昭和開発と名乗っていて、時代が昭和から平成に変り、社名を変更し、時代のブームに乗ろうとした。リゾートブームの波に乗り、全国各地のリゾート開発計画を手がけ、平

成商事自体は相当利益を上げたが、その後、計画した大半が失敗し、市町村が四苦八苦している事実を、純一は充分承知していた。それだけに、あやしげな中年女性が持ち込んだ相談から、逃げる事はでき無いと覚悟し、それがせめてもの自己責任だと思い、彼女と話し合う事にした。

彼女は、「古川と申します」と、自分を名乗り、

「実は、木更津に近いゴルフ場開発の話を、ご存知でしょうか。実は、その開発計画の相談なのです」

「全然知りません」

「実は山川商事がゴルフ場、リゾート施設などのレジャー施設を開発しようとしたんですが、バブルは崩壊するし、県からの開発許可が下り無いまま、デベロッパーの山川商事は突然倒産、私達債権者や金融筋は債権回収するため買収済みの土地を売却し様としているんですが、なかなか買い手が居無くてですネ、困ってるんですのヨ」

「それが何か、私に関係が」

「イエ、ある方のご紹介で参ったんですが、実は、神村さんがあちらの方の有力者や自治体の方々をご存知とかで、土地が欲しいとか、何か開発のプランをお持ちの方等をご紹介いただければと、お願いに参った次第でして」

純一は、会社にも自分にも全く関係の無い話を持ち込んできた古川という女性の素性を、知りたいとは思わなかった。

「僕を紹介したというある方とは、一体誰なんでしょう」

「それはちょっと勘弁して下さい」

「ちょっと忙しいので、またの機会にお話聞きましょう」

純一は冷たく、突き放した。

午後になると、中堅デベロッパーの会長という老人が訪ねてきた。やはり、「ある方の紹介」で来たと言い、「あなたの友人の宅地開発公団の事業部長を紹介してくれ」と頼み込んできた。

「彼は転勤で、東京には居無い」と断ったが、何故公団の友人との関係を知っているのかと思うと、気味が悪くなった。

こうした身分も地位も身元も全く知らない人達が、異口同音に、「ある方の紹介で」と訪ねて来て、「人を紹介してくれ」と頼み込んでくる事が続き、純一は裏で何かがおきているとしか考えられなかった。

零細の企画会社も次々と純一を訪ねて来た。おそらくバブルがはじけ、リゾートブームが終焉し、自治体も財政が悪化してきたために、イベント企画などの仕事が激減し、平成商事に下請けの仕事を探しに来たらしいと考えるしかなかった。

市町村職員の大半の相談は、地域計画を策定したが、「町づくりがうまく行って無い、打開策は無いか」という要請であった。彼らは懸命であった。

純一は真から頭を抱えた。何故次々と見知らぬ人が訪問して来るのかが分ら無かったからである。

確かにバブル崩壊後、あらゆる方面の人達が難問に直面しているのは分ってはいたが、これだけ人が訪問して来るのは、何か裏が有ると思う以外に無かった。

この裏の事実の全容が明らかになったのは純一が福岡に転勤して、およそ半年後だった。

単身赴任して春美と半同棲状態となっていた純一は、春美と夕食をとりながら急にこの時の事を思い出し、

「俺サ、福岡へ来る数ヶ月前からサ、全く見知らぬ人種が次々と訪ねて来たんダ。訳の分らぬ相談や、全然関係の無い話を持ち込まれてサ、本当に困った。世の中が騒然としているからかも知れないが、本当に不思議なことが続いたんダ」と言った。

無責任

春美は純一の話を聞いて、

「あなた馬鹿よネ」

春美は、どこかで聞いた、演歌の一節を歌った。

「何が馬鹿なんダ」

「何であなたの元へ次々と、見知らぬ人が押しかけて来たのか知ら無いのは、あなた唯一人だけ。本当にお人好しなんだから。自分は実力が有るからとか、少しは知られたプランナーだからとか、そんな風に思ってたでしョ」

純一は、本音を突かれた思いがした。春美は人一倍女の勘が鋭いとも思え、人の心を見抜く力は確かに備わっており、純一はいつも敗北感を味わっていた。

「俺が馬鹿の理由を教えろヨ」

「教えない方が。本当の事を言わない方が、あなたの幸せかも」

「どうしたら教えてくれる」

「洋服買ってくれたら」

そんな甘えたことを言った事が無い春美の一言に、純一はやはり春美にも平凡な女の一面が有ると、安堵した。

純一は春美に洋服を買う約束をし、

「教えてくれヨ」

「あのネ、みんな内の会社の連中の仕業。知らなかったノ」

「どういう事ダ」

「では詳しく、ご説明申し上げますので、靴買って」

「ふざけるナって言いたいところだけど、OK。OKというよりKOされた気分で約束する」

春美の話は一時間にも及んだ。

次々と訪ねてきたうさん臭い人物に、純一を紹介したのは、純一の部下の企画部の職員というのだ。純一には信じられない話た。

「あのネ、バブル時代、うちの会社も次々と自治体の地域計画や、民間の開発計画を受注したわネ。企画部の連中は毎日の様に現地へ出張してたワ。そこでネ、自治体の幹部や民間デベロッパーの職員と、酒と女に溺れていて、何もし無いで帰社していたワ」

「それが俺とどう関係が有るんダ」

「あなたは本当にお人好しだから、毎晩徹夜して地域計画や開発計画を書いてたわネ。私、あの頃のあなたの姿を見て、「ステキ」と思ったワ」

「関係の無い話はするナ」

「そうじゃないノ。あなたは、部下が外で遊んでいる間に、一生懸命働いていたという事を言いたいだけ」

「俺、春美の言いたい意味が全く分らんのだヨ」

「あなた、森山さんの身の回りでおきた不思議な事件の全てを解き明かしたと自慢してたわネ」

「そうダ。森山のために、本当に懸命だった」

「他人の事には気付くけど、自分の事になると、からっきしダメなのネ」

「益々分らん」

「あのネ、あなたのところへ来た、うさん臭い人物の全ては、内の社員と毎晩酒と女に溺れる事位しかでき無い付き合い連中なの。その連中とうちの社員の関係はネ、できもし無い空理空論をネ、飲み屋の女に自慢して話してただけ。あなたは部下を信じて、懸命に計画を書いてただけ」

「それ、本当か」

「私があなたに嘘言って、何のメリットが有るノ。あのネ、あの連中は徹底した無責任体質なのヨ。お酒を飲んでてネ、大法螺を吹き合ってるとネ、世の中が自分の思う通りになると思い込んでしまう、これが平成元禄の平成商事の現実なのヨ」

要するに、大法螺を吹き合って、土地買収を始めた。ところが、土地買収の対象とならなかった住民が、環境保全をスローガンに「開発反対」の声を上げた。押したり引いたりしている内にバブルがはじけ、多くの開発計画が頓挫した。

開発を頓挫させざるを得なかった業者は、幻想を売りまくったプランニング会社、広告宣伝会社の社員に、「どう責任をとってくれる」と迫ったというのだ。

「内の社員はネ、相当困ってたわヨ」

「どんな連中だ」

「湯山、佐上、山上など皆ね、企画部のエリートと言われている連中ヨ。彼らはネ、企画なんて全くできる連中じゃない。何が得意かっていうと、要するに世渡り上手だけなノ」

「そんな連中と、俺がどう関係がある」

「あのネ、未だ分らないノ。連中は、内の部長は人脈が広いし、実力があるから、「部長に相談して下さい」って言って、責任から逃げたノ。ここまで言ったら、分ったでしョ」

純一も春美も、相当酔っていた。

「ちきしょう。社内のどの位の人間が知ってた」

「そうネ、少なくとも女子職員は全員知ってたワ」

「それじゃ、自治体やうちの下請けをしている人達はどうなんダ」

「あの人達は、本当に明日をどうするという位真面目に、内との取引きを考えてくれていたワ」

純一は、自分の部下が、春美の言う程無責任になっているとは信じたく無かったが、どうやら現実だった様である。

「あなたは単純で、人を直ぐ信用して、関係の無い人の言う事も真面目に聞くから、全部後始末されかかったのヨ」

「悪意なのかなア」

「悪意というより、甘えじゃないノ。何でもあなたが企画部全体を取り仕切る、部下としては面白くない、生き甲斐も無い、そんな事が二年も続けば、大概の部下は、「部長に任せておケ」ってことになるんじゃない」

「という事は、俺が原因を勝手につくって、自分が後始末させられているという事になったのか」

「そこまであなたを責めている気はないけど、全く違うとも言えないワ」

純一は、自社だけでなく、社会全体に無責任体質が充満しつつある事は、薄々気付いてはい無かったが、まさか自分がその加害者や被害者的存在になろうとしていたとは、気付いてなかった。

森山や、自分が直面した事をもって、社会に何かがおこっているというのは、少々過剰反応気味で、神経質になってるのかとも思った。日々の人間の営みの中では、日常的におきている事が、森山や純一が偶然この歳になるまで経験し無かっただけ幸福だったのか、何故、社会的な病理としておきる様になったのかは、理解できていなかった。

確かに、マスコミは「変化」、「激変」と刺激的に謳い、子供社会から大人まで、苛めや、他人に対する異常な手段での加害事件が続発し、毎日の様に報道されていた。そんな世相が、純一に影響を及ぼしつつあるとは考えたく無かったが、社内での雰囲気や人間関係が悪化しつつある事から推測すると、全く関係が無いとも言い切れなかった。

内向き

ここ数年、社内会議が急増し、一日中会議で時間をつぶさなければならない日が、増えていた。役員会、幹部会議、部内会議、課内会議、部や課の連絡会議、事業審査会議、庶務担当会議等が毎週定例的に開催され、その上、臨時の会議も頻繁に開かれる様になっていた。

役員の社員に対する指示は、「全社員の情報の共有化を進め、全社員一丸となって、業績を伸ばせ」であった。純一は「情報の共有化」とは、単に全社員平成商事カラーに染まる事を、役員が社員に強制しているに過ぎないのだと確信していた。

近年の新入社員の入社式の社長訓示は、

「わが社は広告代理業として、多くの業界の方々をお取り引き先とし、わが社の作成する広告等の媒体は、消費者、広く申せば社会の方々に、ご覧になっていただいておる訳であります。そういった意味で、わが社の社員は個性が絶対不可欠でありまして、わが社の社会的信用度の高さは、個性のある社員を多く擁しているからであります。今日入社の諸君の採用に当たりましても、個性を第一条件に面接し試験を行ない、その難関を見事に突破され、今日の入社式を迎えられた訳であります」が定番となっていた。

純一は、社長が期待する「個性は社員」の個性を、役員が強調する「情報の共有化」が壊し、

「無個性派社員」を増加させていることに、役員も社員も誰一人自覚してない事を、危惧していた。「情報の共有化」とは、均質で均一な情報や知識の共有を強制している事なのだから、その様な事を数年も続ければ、社内全体が金太郎飴的になるのは目に見えていた。パソコンによって社内情報が蓄積されていけば、役員も社員も社内情報に対応するのが精いっぱいとなり、社外の情報に目を向ける役員や社員が激減している事が、社内会議を急増させている要因となっている事に気付いていなかった。その上、会議の議論も形骸化し、会議を開く事自体が目的化していた。

「何で幹部会議で、女子職員のお茶汲みの禁止を議論し、組織決定する必要が有るのか、おかしいヨ」、こんな本音の声が大半の社員の中にあったが、自然に消えていった。もし、こうした意見が役員の耳にでも入れば、「会社のあり方を批判するけしからぬ社員ダ」と、左遷される雰囲気が強まったからだった。

パソコンの一人一台体制が強力に進められ、壁に背を向けてパソコンに向かう社員の間では、一日中ゲームに熱中している者も居た。パソコンに向かっていて、背後から監視される恐れが無ければ、ゲームに熱中でき、形骸化された会議に出ても、適当に相づちを打っておけば済む。むしろ真面目な議論をしようとすると、担当から「横槍を入れた」と反発され、時には恨まれたりもする。だから適当に合わせておくのが世渡り上手と割り切っている人材が増えていた。

パソコンで、直接役員でも上司とでも情報を秘密裏に伝達できるようになってからは、「内の部長は先日、会社や社長の悪口を言ってた」とか、「内の課長は能力もヤル気も無い」と、内部告発する者が増えているから、酒の上での話でも、冗談が本音の話となって内部告発されるから、社員同志のコミュニケーションは壊れていると、純一は思う事が多くなっていた。

先日の事である、ある役員から企画一課長へ「役員室に来て欲しい」と指示があったが、生憎企画一課長は、出張していたため、部長代理が伺った。役員室に入るなり、

「君のところの企画一課長に、南関東か湘南方面に、低年令児と母親をターゲットにしたテーマパークの企画と、候補地の選定を頼んであった。指示した期日をもう三日も過ぎているのに、何の話も無い、どうなってるんダ」

部長代理にはテーマパーク企画の話は全くの寝耳に水であり、

「企画一課長が出張ですので、帰社次第ご説明申し上げます」

「何を言ってる。依頼先からクレームがきている。直ぐに一課長を捜して、連絡させろ」

「ハイ」

部長代理は顔面蒼白となり、室に戻って来るなり、一課の職員に、「南関東か湘南方面でのテーマパークの企画は、誰が担当ダ」と聞き正したが、誰も知ら無い話だった。

「それでは一課長を捜して、直ぐ私に連絡する様に」

二時間以上、一課の職員は課長が出張していそうな先へ連絡をとったが、結局居場所はつかめ無かった。

役員室へ入った部長代理は、「大概捜しましたが、居場所はつかめませんでした。それと不思議な事に、テーマパーク企画の話は、部長も一課の職員も全く知ら無いのです。申し訳ございません」と報告した。

役員は激高して、「君達のセクションは何をしてる。責任は誰がとる」と、部長代理をなじった。

二日後に出社した一課長に部長代理は、「直ぐに役員室に行って欲しい」と指示した。

「君、以前頼んでおいた企画どうなってるんだア」と、役員は口を荒げた。

「もうできてるハズです。直ぐ持って参ります」

「それはそうとダ、一課の職員は誰一人として、この企画を知ら無い様だが、どういう事ダ」

「それにはちょっと事情がありまして」

一課長がある人物二人に、「例のあの企画書できてるか」と聞くと、二人は「難しくて全くできませんでした」と、平気で言う。

この話の実体は、一課長が、営業二課の若手職員と酒を飲みに行き、二人から「自分達は企画の仕事をしたくて会社に入ったんですが、苦手な営業に回されたんです。将来企画に異動する事はできるんですか」と聞かれ、「そういったケースは全く無い訳ではない」と言った事から始まったのである。

すると二人は、「課長、是非二人を企画に引っ張って下さい」と頼み込んだ。人事権の無い一課長は、「それはできない相談だ」と言うしかなかった。

ここまでは良かったのだが、酒が入り酔いが回り気が大きくなった頃、「私達が将来、もし企画に移った時の事も考えて、課長、企画の仕事の手伝いをさせて下さい」と懇願されると、酒のせいで気が大きくなっていて、親分肌にあこがれがあり、親分肌を演じたかった課長は、「そうか、じゃあ二人にある企画を全面的に任せる。ただし、社内の誰にもしゃべるナ。任せる企画の内容は、二人にメールで送る。企画ができ上がったらメールで俺に送れ」と胸を張った。

二人から、「ありがとうございます」と、土下座してお礼を言われた課長は、本当に親分になった気分になり、「頼むぜ。しかし、他言は無用ダ」と言った。後日、大問題となるという自覚は、三人には全く無かった。

こうした無責任な事件や、内部告発が多発する事を、純一は危惧していたが、現実となった。パソコンという極めて秘密性の高い情報システムが、他人の監視の目を気にせず、情報を通信できるからであった。電話やファックスでの情報交換は、人の耳に入り、目に触れる危険性が、若干でも残っているから、ある程度はセーブできるであろう。しかし、パソコンによる情報交換は、完全に二人だけの、極秘情報の情報交換の秘密を守ってくれるし、それ以上に恐ろしいと考えたのは、インターネットを通して、世界の不特定多数の人々に、匿名でデマを流すことが可能になりつつある現実であった。

一課長の大失敗の結果は、企画の依頼先との契約に基づく、損害賠償金の支払いと、契約の解除であった。社内の噂は、「一課長は、間違い無く懲戒免職となり、役員会の決断次第では一課長に対し、一課長民事上の損害賠償請求訴訟と、刑事上の背任罪で告発するだろう」と、犯罪の世界に無縁だった平成商事の社内に緊張が走った。

ところが、ところがである。一課長の失敗による会社の損失は数千万円であった。一課長へのお咎めは、社長からの口頭注意で、幕を引いたのである。全社員、「まさか」と白けてしまった。噂による緊張感は、一気に弛緩してしまった。

こうした緊張感の希薄化は、平成商事の将来に、暗雲をもたらすのではと、純一は不安を感じていた。緊張感弛緩の要因は、役員が一課長に対する監督責任を問われる事を恐れた役員達の意思の弱さにあった。

純一は、社内でおきている変化、変化というより激変は、役員、社員の総無責任体制への確立に過ぎないと思えた。

社内会議の激増と、形式化、形骸化、壊れていく縦と横の社内秩序、経済誌等では、日本の伝統的な雇用形態である終身雇用と年功序列も間もなく壊れると喧伝しているが、現実的な流れなのか、未だ実感はなかったが、純一は「実感すべき」と自分に言い聞かせていた。

抑圧

純一自身は、直接の一課長の上司であり、課長の処分次第では、自らも監督責任を問われる事を、覚悟していた。それが、社長の一課長への口頭注意という、最も軽い処分で一件落着になった事で、安堵したというより、社内に総無責任体制ができ上がったと思った。要するに、誰も責任をとりたくない、日本の伝統文化の中にある、「和」の文化が、事なかれ主義や無責任主義を生んでいると、純一は割り切り、自分を納得させるしかなかった。

ゴルフ場経営のノウハウを学ぶための、社員派遣事業が、自社企画事業の最大の目的であるという、言い訳に近い議論が社内を支配しつつあったが、それは流行化しつつあるリストラ策の理屈に過ぎないと思われた。

純一が、「そんなに簡単に経営ノウハウが身に付くだろうか。安易に身に付けたノウハウに、お客が満足するだろうか」と主張すると、役員は純一に守旧派の烙印を押した。

純一が危惧を抱いたのは、役員が提案した自社企画の背景には、高学歴で社会的地位の高い自信過剰タイプのスポンサーや、金融機関の人物からの入れ知恵があったからである。

高学歴で社会的地位があれば、社会的信用もあるし、自信過剰タイプの発言は、将来への絶対的確信を持って語るから、大概の人は信用する。純一は、そこに陥穽がある気がした。

まさに、高学歴ということは、学生時代まで勉強ばかりで、大衆の心を全く理解できてない人物が多い。今日の社会的地位を得たのは、実績というより学歴によって得た人物が多く、同僚との出世競争の勝者になるためには、仕事や日常生活の上で失敗しない事が絶対条件である。こうした考えで出世競争を永年続けていれば、大概の人材が現実検討能力を喪失していくのは、自明の理である。

自分は頭が良いと自負し、先見の明があると過信している、そんな人材が提案する企画はうまい話が多く、リスクという発想が全く無いという事を、純一は熟知していた。以前にもこうしたタイプの提案の話に乗り、多額の損失を出しそうになった役員から、後始末を何度も押し付けられた純一が、自社企画による業務多角化に絶対反対している事に、理解を示す社員は多かった。

それよりも、どうにもならないタイプは、学歴は余り高くはないが、それなりの社会的地位を得ている人物であると、純一は確信していた。

いつもニコニコ笑顔で礼儀正しく、人に接し、いつも他人から好感の持てる人だという事の気配りだけで、人生を送っている人物が余りにも多かった。純一のこうしたタイプとの付き合いの結果は、いつも裏切りであった。

森山に「君に関する重要な情報を教えてあげる」と嘘の情報をでっち上げた事務局長や、ある時から森山との付き合いを決別した連中が、このタイプであった。

彼らは絶対に本音を語りはしないし、他人に接する時は、大概「良ろしくお願い申し上げます」

と言い、頭の低い振りはするが、実は高慢で具体的な話はしない、要するに、他人に下駄を預ける事で責任を免れ、成果が上がると、実績を自分のモノとし、周囲に売り込み、社会的地位を得たいと思ってる連中だろうと、純一は思っていた。

最近増えてきたのが、学歴も実力も実績もほとんど無いのに、組織や上司の権威や信用を嵩にかけて接してくるタイプであった。

純一のところへ、ある中小メーカーの社員が訪ねてきた時の事である。

「秋の新商品の売り出しキャンペーンのイベントについてのご相談ですが」

ここまでは普通の話だったが、続いて出た言葉は、

「実は、わが社の業界も不況で、会社は先代社長の息子である高春氏が継ぐことになりまして、高春氏は旧帝大である東大卒業で、中央官庁を退官してまで、わが社の再建を図る事になりました。新商品の開発も高春氏のアイデアで、不況を打開しようと社員一同協力しているところでありまして、実力者であります、神村様にアイデアをお借りしようと、参った訳でございます」

純一にとって、社長の学歴や職歴はどうでも良い事であったし、彼らの言い分の真意が全く分らなかった。

「で、当社に何か業務委託か、企画の依頼に参られたのでしょうか」

「いえ、あのう、神村様に是非アイデアをお借りしたいと参った訳でして」

「わが社の就業規則で、そうした行為は禁止されておりまして、大変申し訳ございません」

「当社の社長は東大出身でして、社長が直接神村様のご意見を賜ってこいと。中央官僚の経験もございまして、御社の役員の方々とも深い関係があったとも申しておりました」

純一自身は、社長の高春氏なる人物を全く知ら無かったし、中央官僚時代の高春氏と役員の関係も全く知ら無かった。

「大変申し訳ないですが、ちょっと忙しくて外出しますので」と、席を立った。

彼らの姿勢は、社長が東大卒で中央官僚であった事で、純一が必ず服従するだろうという過信がある気がして、純一は不快だった。

上司が高学歴で、家柄が良く、社会的信用の高い職業の経歴があることを背景にして、家族にまで「俺はこんな立派な会社に勤めている」と自慢し、対社会的にも無理を強制する人材が増えている気がした。おそらく欲望が肥大化している一方で、自己の存在感が希薄化しているためと、考えるしかなかった。

自社の社長は東大卒の中央官僚経験という現実を自分に同一化することで、自己の存在も社会的評価は高いと思いたがっている様であるし、「余の辞書に不可能は無い」という思い込みが、自己に与えられた社会的責任をあいまいにし、傍若無人な言動や行動をする人物を急増させているのではとも考えた。

純一は、こうしたタイプを見抜くと、先ず警戒する事にしていた。このタイプの人物に共通しているのは事大主義、幻想、そして無責任な性格で、リアリティを欠いている事であった。

何故こんな人達が増えたのか、おそらく深層に抑圧された心理が、社会の激変からくる強いストレスで耐えられなくなり、異常な言動をとらせているのであろうと考えるしかなかった。諸外国から「異質の国　日本」と批判されているのは、この辺りに原因がある気がする純一であった。

送別会

敗戦で焼土と化した日本の姿を、純一は知る事のでき無い世代である。全てを失った日本は、明日の食糧にも、事欠く状況だったと、学校の社会科などで学んだが、純一にとって既に過去の事実であり、その悲惨さを実感する事はできるはずは無かった。既に経済復興が始まった時期に生まれ、子供から大人へ成長する時期は高度成長期で、全く飢えを知らず、高度成長の恩恵を受けて成長した。ある意味で「幸せな世代」と思う純一であった。

日本はオリンピック、万博を経て先進国の仲間入りしたが、ドルショック、オイルショックが直撃し、日本経済の実態は脆弱であると思い知らされた。純一が大学を卒業した当時は、安定成長期と言われ、厳しい就職難の時代であった。純一自身、当時の昭和開発に就職できたのは、運が良かったとしか言い様がなかった。大学の同期生の中の、まさにシンデレラボーイ的存在であった。

純一は広告代理業という職業柄、時代の変化を知識で無く風としてとらえる、皮膚感覚を大切にしてきた。それにしても戦後の日本は目まぐるしく変化し、純一自身落ち着きの無い性格になったと自覚していた。常に変化の波が押し寄せているという幻想が無いと、社会全体が不安定になる、そんな脅迫的な観念が渦巻いている気もしていた。

純一の就職した当時は、安定経済成長期と言われていたが、当時の昭和開発は成長企業のトップランナーと評価され、経済誌はよく昭和開発の特集や社長インタビュー記事を載せていた。そんな会社に就職できた純一は、大学の同期生の中では、本当に運の良い男だと思われていた。

純一に部下の女性が、カレンダーを指差しながら、「この日の夜、時間空いてます」と聞いた。

「何か用でも」

「有志で送別会を開きたいと思って。この日が最も参加者が多いんで、どうかナとお聞きしたんです」

「ありがとう。時間は有るんで、ありがたくお受けします。ところで何人が参加してくれるノ」

「私を含めて五名、部長を含めて六名」

「何時から、どこで」

「六時から、地下のレストラン「ブーケ」で」

参加者はアルバイトを含め、女性ばかりの五名だった。

純一が用意されていた中央の席に着くと、

「さっそく、神村部長の送別会開きまーす。涼子、開会の挨拶を、どおーゾ」

「今日集まったのは、神村純一ファンクラブのメンバーでーす。神村純一が福岡に転勤すると聞いて、「会社を辞める」、「福岡に追っかけて行く」と騒ぎ、そして涙した乙女の会でーす。神村部長が、五人の乙女全員が、お嫁に行く前に、支店から本店に帰って来る事を願って、乾杯したいと思いまーす。光子、乾杯の音頭を、どーゾ」

光子が立って、「カンパーイ」。実に明るい性格の、女子職員達だった。

純一は、彼女達の心が嬉しかった。精いっぱいの歓送の言葉と演出に感謝した。それに比べ、純一の転勤を全く知らぬ振りをする男性職員、何故こんな風に社内の人間関係が変ってしまったのか、不思議だった。

純一は立ち、「本当にありがとう」の一言に、自分の真の感謝の意を込めたかった。おそらく五人のメンバーは、女だけでお酒を飲む事の理由付けが必要で、それが偶然純一の転勤の送別会だったのかも知れない、純一にとって、そんな事はどうでもよい事だった。

お酒を口にする量が増えると、彼女達の食欲も倍増し、おしゃべりの口数も増えた。

「神村部長、不倫の経験あります」

「この中で、不倫相手するとしたら、誰が良いですか。全員覚悟してまーす」

中には涙しながら、「私、神村部長と福岡に、一緒に転勤したい……」と、本音かお世辞か分らない言葉が、次々と矢継ぎ早に、彼女達の口から放たれた。純一は、ハーレムの王様になった気分となりがちだったが、意外にも冷静で、アルコールの量が入ってる割りには酔いは回らなかった。

時計が八時を回り、涼子が、

「では、そろそろお開きにしまーす」

六人全員が、実に楽しい時間を過ごした。純一は、本当に久し振りに心の安らぎを覚えていた。純一が涼子に「俺の割り勘分は」と聞くと、「じゃあ、消費税分負担して下さい、良ろしいですか」と言う。彼女達は極めて現実的に生きているし、その場その場の人間関係の微妙なバランスを計算しつくし、問題を処理しながら、生き抜いているのだろうという、したたかさを実感させられ感動した。

地階からの階段を登り、ビルの外に出ると、涼子が、「二次会の希望者、手を上げて」と、二次会の参加者を募ると、涼子以外の四人は、「今夜は、もう遅いんで」と断った。

涼子ははしゃいで、

「では神村純一は、私一人が独占して良いのネ」

「ダメ、コーヒーだけなら許してあげる。絶対お酒やホテルはダメ」

「そうネ、その先の事は分らないけど、コーヒーだけにするから、今夜は独占させていただくワ」

「本当ヨ、独占禁止法を犯したら、許さないわヨ」

そんなたわいのない話をしながら、四人と別れ、純一は涼子は二人となった。

「どうする」

「今夜、帰らないデ」

涼子は初めから何かを決心し、涼子は純一と二人になる機会をつくろうとしていたらしかった。

「コーヒーかい、それともお酒」

「コーヒーなんて子供の飲み物ヨ。それより私のマンションで飲んでいただけます。良いでしョ」

二人は地下鉄に乗る事にした。純一は売店で週刊誌を二冊買った。涼子との間の会話に、間が持たない気がしたからであった。

地下鉄に乗り、純一は週刊誌を開いた。グラビアのページは、若い女の子のヌード写真ばかりでだった。よくも次々と裸になって、それを商売にする女の子が出てくるものだと、女性という存在の不思議さを感じていた。

駅で降りると涼子は純一に腕を組んできて、

「男の人って、女の裸しか興味ないノ。中年の男って本当に品性無いのネ」

「世の中サ、男と女しか居ないから良いじゃないか」

純一はいつものクールさで、涼子の言葉に応えた。

地下鉄を降り、二人は腕を組んで、涼子のマンションへ向かった。

涼子はマンションに入るなり、純一の唇を求めてきた。涼子は涙していた。

涼子は直ぐ浴室に行き、バスタブにお湯を溜める手はずをしている様だった。純一は狭いマンションの一室の片隅にある、涼子のベッドに、体を横たえた。

浴室から出てきた涼子は、

「ビール、ウイスキー、日本酒」

「そうだナ、ウイスキーのストレート」

純一は涼子との関係を、男と女というより、純一と森山の様な関係に保ちたかった。涼子自身もそんな気質の性格で、専門的な業務をテキパキとこなし、生き甲斐としている女性だった。

別々にひと風呂浴び、

「では神村純一の、都落ちを祝って乾杯。福岡でも元気にしててネ」

「ありがとう」

純一は今夜、何回「ありがとう」を言ったのだろうか、真から部下の女子職員の心に感謝の意を表したかった。ただ、それだけだった。その事が、今の純一の幸せな気分を満たしてくれていた。

ＯＢ会

不況による経費節減や、経理監査が厳しくなったというのは、当然の流れであると純一は考えていた。しかし、永く付き合っていかなければならない社内の人間関係を壊してまで、経費節減をする必要があるか疑問であると考えていた。社内の一体感を育ててきた社費による飲食という社用族的費用と、経費節減という節約的な費用とをバランスシートで見れば、明らかに社用族的費用の方が、利益に貢献しているのは自明の理だった。

社員旅行や忘年会は、若い職員が、「上司からカラオケを強制されるのは嫌ヤ」、「土、日を会社のために使うより、自分の時間に使いたい」と言いだし、参加者が減少し、幹部会議で廃止が決定された。

平成商事ＯＢ会は、正月と秋の年二回開催され、会員二百人余りの内、毎回百人余りが出席し、現役と、ＯＢとの交流を主な目的としていた。ＯＢの先輩は、順調に成長する会社の業績を率直に喜び、後輩の現役と語らい、時代の変化を知る良い機会だと、楽しみにしている風だった。本音は、老いゆく自分や妻が人生の終焉を迎えつつある事を自覚し、葬儀という人生最後のセレモニーに、一人でも多く「かつての同僚が参列して欲しい」という、口では言い表わせない本音の部分がある気がしていた。

都会のサラリーマンのコミュニティは、定年を迎えた老後でも、地域ではなく会社にあるのが現実である。一生を汗水流して働き、やっと得たわが家であっても、隣近所の人の名前すらほとんど知る事も無く、日常生活で助け合うことも無い、無関係に近い関係しか無いからである。

純一の数軒隣りの住人は、かつて高級官僚で、天下り先は鉄道公団の副総裁、大手企業の副社長等を経験し、社会的な知名度も高く、新興住宅地の住人の誇りであった。その人物が亡くなった日、純一は当然大葬儀になるだろうと、都心の葬儀場で葬儀が行なわれるものと思い込んでいた。ところが自宅で葬儀が挙行される事が決まっていて、自治会は葬儀の支援する事を申し合わせた。

全く話をした事も無く、実は顔も全く知ら無い人の葬儀の幹事役を任じられた純一は、とまどうしかなかった。純一は自分が田舎で経験した葬儀の慣習を思い出しながら、事に当たった。全く無縁に近い人の葬儀を、何故自分が汗水を流さなければならないのか、偶然の出合いで隣近所に家を購入し、住人となった、「ただそれだけの関係ではないのか」、それなのに葬儀という人生最後のセレモニーの黒子の役を演じなければならない、そんな現実に自分自身の存在がいかに不透明なのかを実感する純一であった。

葬儀の日、亡くなった人が関係した官庁、公団、会社からの参列者は、わずか数人だった。高齢という事もあったのだろう、存在自体が既に過去の人だった。

「新興住宅地」というキャッチフレーズは、日本のサラリーマンにとって、近代的な暮らしが生涯営めるという幻想を生んだが、現実に生涯を終えた人の姿は、余りにもあわれだった。そうした恐怖感があるからこそ、職場毎のOB会が、盛大に催され、旧交を温め様としていると思えた。

ある日の幹部会議の席上で、総務部長が「一つ提案があります。現在当社のOB会開催にあたって、全て当社の総務一課が処理しておりますが、事務量は相当なものが有りまして、コスト計算しますと、職員が丸々三ヶ月専従している事になりまして、一回百万円、年二回で二百万円を会社で負担している事になります。会社はOBの方々から利益をいただいてる事は無く、その上OB会開催のための事務量は年々増えております。経費節減は目下の最大の課題であり、OB会開催はOBに全てお任せするとすべきでは」と、提案があった。

反対する理由も無く、参加者の全員が賛成で、OB会開催の事務的な準備から本番まで全てを、社内で行なう事は廃止された。

問題は、OB会に誰が通告するかであった。通告によってOB会から反発があるのは、目に見えていた。通告する役目を引き受け、その役目を果して、何らかの見返りが有るかといえば、OBからは反発、現役からはお人好しの烙印を押されるのが落ちであった。

幹部会での議論の結果は、社長は、OB会役員の多くから信頼が厚いと誰しもが思い込まれている純一へ「一任」するという意見だった。

「神村君、君はOB会会長の平岡さんが上司だったたろう。是非君に、平岡氏に会って、今日の結論を伝えてもらえまいか」

純一には社長や、チンピラと思っている課長までもが、

「OB会の多くは君を支持している。君の立場が悪くなる様な事はし無いと思う。意見を聞くだけでも、お願いできないか」

「神村部長は強気で、何を言っても譲らない姿勢が、信頼を得てると思います。私も神村部長が通告するのが、最善と思います」と言う。

誰一人としてOB会の反発に対する痛手を負いたくない、嫌われたく無いという、自己防衛的な発言をした。純一は、「実は、私はOB会のパーティに一度も参加した事も無いし、その責任も無いと思いますが」と反論したが、会議の雰囲気は、純一に全責任を押し付けた事で安堵している風だった。

後日、純一は平岡に会い、

「実は、不景気で経費節減が幹部会議で決まり、OB会の事務担当職員がゼロとなりました。OB会はOBの方々で運営して欲しいというのが、幹部会議の全員の意志です。ご意見ございましたら、私にご連絡下さい。反対意見が強い様でしたら、私が当面、OB会の全ての事務をお引き受けします」と、理解を求めた。

平岡は、

「君も大変な役目を背負わされたものだ。分った、君に迷惑をかけない様、OB会はOB会な

りに、自分達の会を守る様に考えよう」と、割りと簡単に納得してくれた。

純一は、「ありがとうございます」と、OB会長で、上司であった平岡に真から感謝した。平岡はかつての上司として、純一が苦境に立つ事を回避しようと、OB会長という役割りを無視した決断であったろう。

「オイ、神村、久し振りに飲むか」

「ハイ、お供します」

かつて、酒豪で鳴らした平岡に夜付き合わされる事は、社員にとって苦痛以外の何物でもなかった。そんな平岡に、心良く付き合ったのが純一だった。「酒は飲んでも、飲まれるナ」と言われるが、酒豪平岡の飲みっぷりはそのものであった。

純一は平岡と会い、OB会開催から会社が一切手を引きたいという申し出をし、OB会長から了解を得た事を、幹部会議にも役員にも報告しなかった。報告をする事自体、全く無意味な行為だった。幹部会議でOB会への申し出を純一に押し付けた事で、彼らとOB会は既に無関係という関係になっていたからである。

混乱

純一がOB会長平岡と会い、OB会開催事務の一切を会社が手を引き、OB会はOB同志が互助の精神で運営すると決まった数日後、会社全体を揺るがし兼ねない事件が、営業部におきた。

営業部には朝早くから電話が鳴り続け、三日程続いた。隣接する企画部の職員は、「何かがおきている」とは理解できても、その事実は全く伝わらず、不安が蔓延した。

数日後、緊急幹部会議が開かれた。いつもの緊急幹部会議とは違い、緊張感が張りつめた幹部会議となった。

議題は、『営業力の強化について』であった。営業部長が青ざめ、肩を震わせながら席に着いていた。

営業部長は直立不動の姿勢で、口火を切った。

「本日、幹部会議のメンバーの方々にご報告申し上げなければならない事がございます。実は、先々日から取り引き先の方々から、契約の解約、中断の申し出が相次ぎ、それもお取り引の古い企業の方々が多く、その実数を現在調査中でございます。概数でございますが、お取り引き先の三分の一、その内、大口が半分、このままではわが社の命運を左右する事態に発展する事になり兼ねません。先ずは、現状をご報告申し上げます」

純一と営業三課長を除く全員が、顔面蒼白となっていた。純一は、おきるべくしておきる事態だと予測していた。

社長は、

「どうして契約の解約、中断が集中しておきたのか、営業担当役員か営業部長、ご説明下さい」と、極めて事務的な発言をした。

営業部長から、

「現在検討中でございますが、おそらく不況による冗費節減が最大の原因であろうと存じます」と発言があった。

その発言に、純一は、

「わが社が行なっている業務は、営業部長のおっしゃられた、取引き先の冗費に当たる業務なのでしょうか。そんな発言が社員に伝わると、社員はヤル気を失うと思いますが」と、相当強気の反論をした。

営業担当役員、部長は、顔面蒼白ではあったが、営業三課長は全く関係の無い話だといった風をしていたが、誰も何も考えて無い風だった。

二時間余りの緊急幹部会議の議論の結末は、営業部員だけでなく、全社員が手分けして取り引き先を訪問し、営業力を強化するという、泥縄的な対策であった。

純一の属する企画部の職員は、「何で私達が営業に回る必要が有るのか」と、いぶかしがった。

それでも純一は、「お客様の顔を知り、お客様の考えを知る事が、われわれの企画という仕事には、最も大切だ」と説得し、営業部が企画した『お客様　キャンペーン運動』に企画部も参加する事を純一は決定し、職員に強制した。

三十％もの取引き先から、契約の解約、中断という異常事態を、先方の冗費節減に原因があるとし、納得している会社幹部のノー天気振りに、純一はあきれた。間違い無く、平岡を頭目とするOB会が、会社のOB会に対する仕打ちに反発して、在職中から親しくしている平成商事の取引き先の役員に、手を回した結果おきたのが、今度の大騒ぎの原因だった。現役の役職員は、リタイアしたOBは、凡庸な隠居生活をしていて、社会的影響は全く無いという前提で発想しているから、今度の大騒ぎの背後にOB会が動いて居るという現実を、大半の社員が知るよしもなかったからだ。

純一は、古き良き時代を生き抜いてきた先輩達の、義理と人情で深く結ばれている人間関係の奥深さ、情の厚さに感動する一方、その力強さに恐れすら持った。

『お客様　キャンペーン運動』の結果、契約の解約、中断を申し出てきた取引き先との再契約が進んだが、全体としては十五％の取引き先の減、全売り上げ高の二十％減は避けられ無かった。

純一は、企画部独自の企画として、『お客様倍増計画　全国キャンペーン運動』を展開することにし、企画部の各部署に指示した。「企画が営業に横槍を入れた」という批判の無き様、全員に留意するべく、注意を促した。企画部門が営業部門の業務に口出しする事は、組織秩序を崩壊させてしまう恐れが有ったからだった。

おそらく平岡氏は、OB会を解散するに違いなかった。OB会のパーティを開こうにも、準備から開催までを取り仕切る事務方が居ず、老人の多いOB会の誰かが、通信費を自腹を切ってまで開こうとする人物は、居ないと考えられたからである。

何故、会社内からOB会への支援を打切る意見が急に出たのか、不思議だった。相応の間隔を置いて付き合えば、それほど問題になる組織でもなく、事務を手伝っている女子職員の実働日数は年十日程度が現実で、コストを云々する程の事務量では無かった。

後日談で分った事であるが、OB会の一部が、会社の経営方針や人事に過剰に介入しようとする動きが強くなったため、OBとの関係を断つ必要に迫られたためであろうという事が分った。これも実に不可解な話で、隠居の身の多いOBが、暇に任せ会社の将来を案じ、時折来社して役員にモノを申しストレスを解消しているだけの、一笑に付せば済む話ではないかと、純一は思った。

OBの意見は、天下の御意見番・大久保彦左衛門的意見と聞き流せば、大騒ぎにならなくて済んだのだろうが、会社の負った痛手は余りにも大き過ぎた。現役の役員達がOBの意見を聞く耳を持た無かったためにおきた、無駄な時間の浪費に過ぎ無かったのだった。

リストラ

春美と久しぶりに会った純一は、「モシ、モシ、俺ダ。今夜は接待で帰れ無いかも知れ無いんだ。場合によっては、カプセルホテルに泊るから」と、陽子に電話した。

「明日十時には、君田さん、森山さんが来る事は忘れてはないでしょうネ」

「ウン」

陽子は純一の親友であっても、気配りする事を毛嫌いし、家族四人の幸せさえ実現できればそれで良いと割り切っている女だった。だから、純一の帰宅の前に、君田や森山が訪ねてくる事を、極度に嫌悪している風だった。

電話を切った純一は、春美とウイスキーの水割りのコップを「カチッ」と打ち合わせて乾杯した。春美は、一気に水割りを飲み干し、「わが社は、リストラは無いのかしら」と、純一に問い正した。

「全く聞いてないが、噂か何か有るのか。俺、社内事情余り詳しくないんでネ」

「そうじゃなくって、リストラで退職する人には、退職金が二割、三割増しで支払う会社が多いでしョ。もしわが社で、リストラが行なわれれば、私、最初に名乗りを上げて、辞めてやろうと思ってるノ」

「何故辞めるノ」

「私だけじゃなくて、退職金の条件次第では女子職員の半分、三十代男性の三割はおそらく退職すると思うノ。何故かって、全然分ってない管理職に失望してるのヨ」

「管理職が何が分ってないのか、聞かせろヨ」

「第一に、女の子のお茶汲み禁止、それを幹部会議で決定したって聞いた時、この会社おかしいのじゃないかと思ったわ。女の子の大半は、お茶汲みして、お客様や男性職員から感謝される事を生き甲斐にしているものなノ。その女心の本音を理解し無い管理職ばかりとなって、お茶汲みの時間を節減したから本業に専念して、業績を伸ばせって言ってるけど、女の子は炊事場で井戸端会議して、ストレス解消してたのに、ストレス解消する場が無くなって、イライラの連続。業績伸びる訳が無いじゃないノ。おじさん達は全然分って無い」

何かが

リストラを発表されるのを最も恐れているのは、子育てで大変な三十代、四十代男性職員であったが、退職金の条件次第では三分の一が退職するのではと春美から聞き、純一は、「何かがおきている」と感じた。確かに最近、不思議で不可解なでき事が多発し、純一自身には全く見知らぬ人が次々と訪ねて来るし、友人の森山には嫌がらせが続いたし、社内でおきている事も異常としか言い様がなかった。不思議で不可解なでき事の多くが、建前では不況対策等のための合理化や省力化を謳っていたが、本音や裏の部分には、人間の最も醜い感情だけを、衝突させている様にしか思えなかった。

ここ数年余りの間におきた事件に、精神的に少々参っている純一であった。おそらく大半の役員も職員も気付いているのだろうが、何となく気付いていている事を、口外する事ははばかれる雰囲気があった。もしリストラを打ち出すとすれば、他社がリストラするのに、わが社もしなければ、業界の潮流に乗り遅れるのではという、役員達の面子を保つための言い訳に過ぎないリストラ策であろう。

純一が最も注意すべきとする人物が、二人居た。企画二課の貝塚と、三課の水尾で、純一は間隔を置いて付き合う様にしていた。

貝塚は同期の中では最も出世が遅れているためか、周囲との協調性を全く無視し、独善的に仕事を処理して、役員に自分の能力を売り込む事に専念している風だった。二課長や純一が、仕事の中味や仕方について、再三注意や注文をしたが、人事権に影響力が無い事を知っててか、全く耳を貸そうともしなかった。

水尾は自分の世界を厳に守ろうとしているため、課全体の仕事の流れが停滞気味になり勝ちだった。課の本来業務とは余り関係のない仕事を考え出しては資料を作成し、課員に配布して、自分の考えを強制しているらしかった。

二人に共通しているのは、他人の声に全く耳を貸さない事と、自己都合でしか仕事をしない事で、上司が注意、注文すれば反発し、課内の秩序を乱そうという行動をとる事であった。課内の秩序を乱されては困ると、二課長も三課長も、貝塚、水尾を放任するしかなかった。

純一も二人の存在に気付き、少々リスクの大きい仕事を指示した事がある。二人は同じ様に、延々と言い訳をして、絶対に純一の指示を聞き入れ様とはしなかった。

最近急増しているタイプの典型で、自己の存在を死守しようとし、自分が気に入った仕事は不必要なまでに完全を期そうと努力し、自分の考えは絶対であり、もし他人が意見でもすると、反発するだけで無く、あらゆる手段を弄して自分の意思を通そうとした。明らかに、組織秩序を壊す事を目的とする言動だった。二人の言動には、常に「前向き」、「積極的」が前提にあったが、純一は、彼らの姿勢が、前向きであり、積極的であるとは、全く思えなかった。

純一と春美にアルコールが回り、日頃社内の人間関係や人の悪口を話した事の無い純一が、貝塚と水尾の二人について、日頃感じている思いを語り、春美に感想を聞いた。

「そうネ、純一のおっしゃる通りヨ。あんな二人を、皆ねクズと思ってる、気にする純一の方が、おかしいヨ」

「だけどサ、俺は放置しておく訳にはいかない立場だろう」

「そんなチンピラのしてる事気にするのなら、営業三課の課長のお粗末さ、何とかしてヨ」

「どういう事ダ」

「あの男、全くヤル気が無いノ。三課の職員までが全くヤル気を無くしてる。勤務時間中に何してるかっていうと、株の取引のため株の会社に電話してるか、パソコンゲームをしていて、部下が伺いを立てても、何の返事もしないノ。徹底した無責任男なノ。あんな男が課長していること自体、わが社の体質を表わしてるのじゃない。勇気ある若い社員が、「課長、少しは仕事したら」と注意したノ。そしたらね、「お前、左遷されても良いのか」と脅したノ。就業規則違反で何とかならないノ。女子社員から総スカンヨ」

「そう人を好き嫌いで判断するものじゃない。人には悪いところも良いところも有る」

「良いところ捜せって言われても、全く無いって言っても間違い無い」

「そう人の欠点ばかり捜していると、春美自身が嫌われるぞ。人間関係をうまくするには、人の長所を捜して、そこを好きになって付き合う事だ。俺はそれをモットーにして生きてきた」

「全然分ってないのネ。だから馬鹿部長、無責任男と言われるのヨ。ゴメン、本当はそんなこと言われては無いワ。私が勝手に、思い付いて言っただけ。本音を言って良い」

「言ってくれ。お前達、俺には絶対本音言わないものナ」

「神村純一の耳に仕事の話が入ると、厳しい意見、正論を言うでしょ。企画部の連中だけじゃない、役員も他の部の連中も、神村にだけは情報を与えるナ、大変な事になるって、全員思ってるわヨ」

「そんなに俺、嫌われているのか」

「そうヨ。けれどそれが、純一の魅力なのヨ。私が言っている事が分かってるノ」

「それだから先日、五人の女が送別会してくれたのか、オイ春美」

春美は涙を流しながら、

「バッキャロー、純一の阿呆、私達だけじゃあない、真面目に生きたいと思ってる連中は、神村純一の良心にみんな甘えて生きてるのヨ。神村純一が転勤して、本社に居なくなったら、おそらく女子職員の三分の一は辞めていくわヨ」

「オイ、オイ、本音か」

「本音ヨ」

春美は、社内の複雑な人間関係を次々と語りだした。課長クラスの連中は、部下の能力開発を建て前に放任主義をとり、全く責任をとろうとし無いし、最後は神村部長に一任しようという姿勢が見え見えだというのである。

「神村純一、若い男の連中が、朝から夕方まで、パソコンゲームしてるの知ってるノ。私、絶対許せないノ」

「噂では聞いた事はあるが、本当なのか。各自が責任を持ってする仕事があれば、そんな暇無いだろ」

「あのネ、今夜は全部言う。阿呆部長に文句言える良い機会だものネ」

「アア、言えヨ」

若い男性職員が、女性職員の弱味をつかんでは、業務の全てを押し付けているというのだ。

「一課の佐藤、あいつはアルバイトの女の子を昼食事にさそって、自分がしなけりゃならない企画の仕事を押し付け、自分は朝からテレビゲームをしてた。許せない。二課の伊藤、私を呼んで、「君、昨夜、取引き先の本田とホテル街歩いてたよネ」、私が「食事しただけだ」と言っても、「本当か嘘か分らないよネ。噂にならなければ良いんだけれど」とまるで脅し。本当に何も無いのヨ。純一とはあるけどネ。そんな話、塵の山ほどあって、男の無責任さが、本当に許せないノ。先日、女八人で飲んだ時の話、「わが社は保育園のお遊戯室」で全員意見が一致したけど、しょせん女の遠吠えに過ぎないと思ったワ」

純一も、春美が表現した、会社の「保育園のお遊戯室化」を実感していたし、社会全体にも大人の幼児化が進んでいると評論する有識者が増えていた。

春美の言う社内の「保育園のお遊戯室化」とは、男性社員の仕事振りは、懸命に仕事をしている振りをしているだけで、実体は保母役の女子社員に仕事を押し付け、成果品ができ上がると取り上げ、それを上司や役員に説明し、自分を売り込むという、まるで幼児が保育園のお遊戯室で無邪気に遊んでいる姿と変らないというのだ。女子社員は、無邪気に遊んでいる幼児が、怪我をしたり喧嘩しない様に見守っている保母と全く違わない役目を背負うしか存在感が無いというのだ。

純一は春美に、「理想の男性上司像」について聞いた。

「今の世の中、理想の男性とか上司という人物は居ない気がする。だって男女平等の世の中で、男性が男らしい個性を発揮するのはむつかしいでしょ。それに、家庭でも学校でも「良い子になれ」って教育しているから、個性的で魅力のある男性って出てこないと思うし、現在のところゼロ」

「今の世の中絶望的なのか、オイ春美」

「男女平等と言っても、やはり男は男の、女は女の役目が有るし、男と女が同じ考えで、同じ事をして働いたり生活するっていう事の方がおかしいと思うノ。こんな単純な事さえ他人に話すと、批判されてしまう。だけど大半の女性は、本音では理想の男性像、上司像は持っているのヨ」

「あえて言うなら」

「そうネ、あえて言うなら、理想の男性は優しい人。純一よ、私にとっては。最近、何でも女の人の言いなりになるのを優しい性格と、勘違いしている男ばかり。女性が望んでいる優しい男性とは、女性の事を思いやってくれて、時には女性の言い分を全部否定しても良いから、強引に引っ張っていってくれる人。私は幸せよ。純一が居るもの。理想の上司像は、知識が豊富で、仕事にヤリ甲斐がある様に仕向けてくれて、万一の時は「責任は俺がとる」といったタイプかナ」

春美が理想とする男性像、上司像は、月並みといえば月並みの理想像であろうが、社内的にも社会的にも少なくなったというより、逆に女性が全く関心を持てなかったり、嫌悪感を催すタイプが増えているというのだ。

春美は続けて、

「最近、男性社員が一旦机に着いたら、退社するまで全く机から離れようとしなくなった事に気付いてるノ。確かに電話やファックス、パソコンなどで取引き先きと連絡は取り易くなったけど、最近取引き先きから聞いた話で、「最近お宅の会社の方、全くわが社に顔を見せなくなった。新規にお願いしたい件もあるし、ちょっと注文したい事もあるんですが、顔を見せていただけないので困ってるんです」と言ってたワ」

純一も、社員が机に向って椅子に座ったら、梃子でも動かない社員が増えている事は、気付いていた。営業は取引き先きと直接面談し、商談を成立させるのが基本であろうが、大半が電話やファックスで済ませている様だった。企画部の職員も、企画するに当たっては、直接現地を視察し、関係者の意見を聴取するのが当たり前だったが、最近は机上にある情報や、関係者が送ってきた資料を参考にして、企画する社員が増えていると、純一は実感していた。

何故机から離れようとしないのか、ある若い社員に聞いた事がある。

「私が三日ほど外勤し営業に出て帰社したところ、直ぐに人事から呼び出され、人事部長から、「君は仕事もせず、毎日遊び回ってるそうだネ」と注意されたんです。「イエ、私は営業に回ってました」と言ったら、部長は面子がつぶれるのを恐れてか、「外出する時は、スケジュールを課長に伝えて外勤する様に」と言うんです。その時、誰かが人事部長にメールで告発したんだと思うけど、それ以来外勤するのが恐くなり、なるべく机上で済ませる様にしてます」と、机から離れない理由を語った。

社会にリストラの嵐が吹いていたが、平成商事の社員の中にも、リストラに対する恐怖心が蔓延しつつあった。

終身雇用で安心して労働する事に慣れ切った日本人は、離職し転職する事に、極度の不安と動揺を覚える様になっている気がした。学校を卒業し、一旦就職すると、その会社で定年まで働く事を善とし当り前とする人が大半であろう。そうした思いが刷り込まれた人達は、万が一にもリストラの対象になるだろうとは考えていないから、転職のための職能訓練や能力を身に付ける努力はほとんどしてないだろうと純一は考えた。

戦中、戦後生まれは貧しく母親も懸命に働き、高度成長期後は共働きが当り前となり、幼児期母親から充分な愛情を受けないまま大人になる人が多く、こうした人達は「見捨てられの不安」を深層に持っている。大人になってからの母親役は会社の机で、机に着いていれば会社は身分と所得を保証してくれるから、机から離れる事に恐怖心を持つ人が増えているのではと、純一は考えた。机を離れない社員の増加は、会社の営業力を低下させつつあった。

転身

純一は春美のマンションを、朝九時に出た。地下鉄駅に着くと、久し振りにスポーツ紙を買った。電車に乗ると、土曜日のため通勤客は少なく、ゆったりと座席に座る事ができた。

スポーツ紙を開いて見ると、芸能スキャンダルとピンク記事の余りの多さに、驚く純一であった。芸能人が有名だからといって、プライバシーを露骨に暴くのは、少々度が過ぎているのではないか、有名税と簡単に済ませて良いのかと、疑問を感じながら読んだ。

純一は十時過ぎに、家に着いた。既に君田は訪ねて来ていて、水割りを一人で飲んでいた。

「オッ、もうおい出になってたのか」

「オイ、朝帰りとは穏やかではないナ」

「イヤ、昨夜は俺の送別会で、三次会、四次会となって、止むなくカプセルホテルに泊ったんだ。女房には連絡していたゾ」

「まあ、どうでも良いヤ。森山が来るまで、一杯いこうヤ」

「そうだナ」

陽子にお酒の冷やを注文すると、陽子は、

「あなた、かつての同僚の藤島ユキさんから、封書が来てます」

「後で読むから、机の上に置いといて」

君田は以前から、藤島ユキと純一の関係を疑っていたらしく、

「オイ、十年ほど前、虎の門の交差点で偶然出会った時、お前が連れていて、紹介してくれたのが、確か藤島ユキさんだったよナ。未だ関係が続いているのか」

「お前、何を言うんだ。彼女とは同じ職場というだけで、何もやましい関係は無いヨ。彼女、去年の秋に、会社を辞めたんだ。ご主人がリストラで会社を辞めたんで、夫婦二人で、九州の田舎に帰って、ご主人のご両親と農業をするなんて言ってたから、近況報告だろう」

三十分程すると、森山がやって来た。

「ちょっと用があって、遅れてしまった。済まないナ」

森山は学生時代から学者タイプで、いつも研究しているのが、最も居心地が良いらしく、現在の主任研究員という仕事に満足し切っている風だった。君田は三人の中では最もお洒落で、時代の変化や流行に敏感だったため、ファッション業界かマスコミに進むのではないかと、誰しもが思っていた。ところが君田は、最も手堅い中央官庁の官僚の道を選び、多くの友人は不思議がった。どうやら、君田の父が、田舎の役場に勤めていて、国家公務員へのコンプレックスから、中央官庁に就職する事を強要したため、止むなく官僚になったらしい。

君田は、「オイ、何故福岡に希望してまで転勤するのダ」と、切り出した。

純一は「このままの平凡な暮しから一、二年抜け出てみたいだけ、ただそれだけの事ダ」と、

本音は言わなかった。

君田は、「それはそうと、森山から少し聞いたのだけど、森山は大変だったらしいナ。人間の世の中、何がおきるか分らんナ。実は俺は来月いっぱいで退官する事にした。実は俺にも同じ様な事がおきて、少々嫌気がさして、民間に行く事にしたんダ」と言った。

純一は、「官庁のような身分の確実なところに勤めてて、何も民間へ出て苦労する事は無いじゃないか」と聞いた。

君田は、延々とその理由を話した。誰かに聞いてもらって、退官する理由を理解させ、自分自身を納得させている様だった。

二十年以上勤務し、年金は少ないけど、ある年令がくれば支給される事が確実になったため、自分が人生で夢をかけている事を実現したいと、退官を決心したと言う。

「それと、最近は役所は規制緩和などで、民間に口出しする事もでき無くなって、やり甲斐も少なくなったし、役人の私生活まで世間の目は厳しいしネ」

純一が、「それは自然な流れだろう」と言うと、君田は「そうだけど、役人も人の子、やり甲斐の有る仕事が減れば、達成感も充実感も無くなり、自然と気力も弱くなる、そんな人生送りたくないものナ」

純一は、人生はそれ程簡単に割り切れるものではない、君田の心には必ず別に真因が有ると直感した。

「オイ、そんな簡単に辞めて、悔いは無いのか」

「無いさ」

「本当の事を言えヨ」

「何を怒っている」

「お前ナ、森山は俺に本音を言ってくれた。お影で、影、裏に居る存在を見破った。お前に何が有っても、どうでも良い事だが、退官の真意だけは、嘘は言うなヨ」

「そうだな。嘘を言うつもりは無い。森山と同じ様な事がおきたのは事実ダ。数年前から政策論争で省内が二分したんだが、それがいつの間にか派閥抗争みたいになったんダ。俺は中立的立場を守ったんだが、ある時点から、仕事に対する姿勢がなってない、消極的と批判される様になった。まあ、立場上、これ以上詳しい事は言えないが、森山が辞表も書かず、仕事を続けている事を尊敬してるよ。俺はそんなに強くはない、そんな思いで退官するんダ」

三人の話は、各自のこれからの生き方の話へと移っていった。

森山は、

「俺は当面、主任研究員を続ける決心をしていくつもりダ。それと、変な事ばかりおきて、目立ってたから出る杭は打たれたんだと思い、目立つ対外的な活動を手控えてきたんだが、どうやらその弱気な態度が、状況を悪化させた気がするんダ。自分の将来の事を考えれば、他人様の事は気にせず、強気で自分の思う方針で、活動したいと思ってる。それと、ある出版社から話があったんで、これまで書いたものを整理して、初めての経験だが、出版してみようと思っている」

純一は、

「当面は、福岡へ転勤して、九州各地を営業で回って、その土地土地の歴史や文化を肌で感じてみたいと思ってる。大都会では味わえない人と人の触れ合いが有る気がするんだ。企画なんて仕事ばかりしていると、いつも幻想ばかり追う様になってしまって、現実離れした発想しかできなくなってネ、鋭利な考えや行動しないヤツは馬鹿だなんで、高慢になっていく自分が、つくづくイヤになっていたんダ。これが俺の本音ダ」

君田は、

「先話した通り、全く別世界へ転身する。今は何も考えてない。考えると前に一歩も進めないものナ」

昼を過ぎ、三人は思いっ切り酒を飲む事にした。森山と君田が家を出たのは、夕方六時過ぎだった。

一人になった純一は、君田の働いている役所の様な、硬直的で安定的な職場でさえ、「何かがおきている」と思うと、本当に社会全体がどう変っていくのか、不安にかられるしかなかった。

君田の職場の雰囲気について、君田は「完全にアノミー状態だ。アノミーの恐さ、誰も分って無い、お終いだ」と言った。純一は君田の言った「アノミー」という言葉が気になった。

さっそく辞書で調べると、「社会や組織での行為を規制する価値や道徳律を失った混沌状態」

と、「不安、自己喪失感、無力感等に見られる不適応現象」とあった。

確かに純一の会社でも、将来に対する不安を訴えるだけで、仕事上直面する問題解決から逃避する社員が増えているし、気力もなくその日暮しの社員も多くなっている。社員が一体感を持つために行なわれていた社員旅行も廃止され、社員同志でも一緒に酒を飲む機会も少なくなり、会社に対する愛社精神、忠誠心は希薄化し、社内は何とはなしにまとまりが無い雰囲気になってしまっていた。純一はそんな状態を、「アノミー」と言うのだろうと思った。

純一は、最近の社員気質についても、少々気になるところがあった。良い子が増えて、自分の意見を持ち合わせてないのか、会議でも打ち合わせでも、意見を述べたり自己主張する社員が極度に少なくなっている事だった。だから会議は会議にならず、会議を開いても何も決まらず、会議を開く事が目的化していた。業務打ち合わせの場合は、一旦自分が作成した企画書や意見を出すと、どんなものでも自分が正しい事に囚われ、問題点を指摘されたり、他の方法論を提案しても、頑固に自分を押し通そうとするから、打ち合わせも打ち合わせにならなかった。その場で孤立しても、他人の意見を無視し、聞き置くだけで、自己主張をするのである。彼らは、常に自分の内面と外見と一致させておかないと、不安になる小心な性格ではないかと、純一は思った。

こうした性格の社員が増え、社内がアノミー状態となった事が、社の業績低下の最も大きな要因と、純一は考える様になったが、どうすれば組織に活力を取り戻せるのか、今の純一には打つ手の知恵は全く無かった。

思い出

昨秋会社を退職し、夫婦二人で夫の両親が暮す九州の田舎へ帰っていった藤島ユキからの封書を開封しようと思った時、ユキとの二十年余りの付き合いの思い出が、走馬灯の様に純一の頭の中を駆け巡った。

確か純一が入社して二年目、ユキと同じ課に在籍した。六歳年上で、しかも人妻であるユキに当時純一は全く関心は無かった。ある日、ユキが純一の机の上にそっとメモ用紙を置き、室を出ていった。

メモ用紙には、「今夜、もし良ろしかったら、私とデートしていただけませんか。ご都合を他人の前でお聞きするのも気が引けますので、一応夕方五時半にビル入り口でお待ちしております。良ろしかったら、私と五メートル程離れて、私の後に付いて来て下さい」と書かれてあった。人妻という立場もあって相当気配りをし、人の目を過敏な位に気にしている風だった。

その夜純一は、友達と五人で酒を飲みに行く約束をしていたが、ユキという人妻からのデートのさそいに、男として断るのは失礼と思い、友達には「ちょっと都合が悪くなった」と断りの電話を入れた。五人の中の一人が抜けても大勢に影響は無いだろうという思いがあって、断る事には気は引けなかった。

夕方から小雨が降り出していた。夕方五時半、ビルの入口の柱の影にユキは居た。ユキは傘をさして歩きだした。傘をさして歩かなければならないのは、人の目を気にしている二人にとって、都合が良かった。人の目にさらされる危険度が、極めて低くなるからだ。

二百メートルほど歩いて、彼女は有料駐車場のビルに入った。ユキはそこに車を止めていたが、日頃は国電、地下鉄を乗り継いで通勤しているユキが、自家用車に乗ってきたという事は、純一とのデートの現場を、社内の他人の目から逃れたい思いからである事は、明らかだった。

純一が前席に座ろうとすると、ユキは、「後部座席に乗って下さらない」と、あくまで二人が一緒にいる現場を他人から見られる事に、極度に気を配っていた。

ユキは、

「あなた、何を食べたい。私は車の運転があるからお酒はダメだけど、あなたはお酒でも良いわヨ」

「どうするかナ、じゃあ、甘えてお酒にさせていただきます」

三十分ほど走り、ユキはホテルの駐車場に車を駐車させた。

「ここなら大丈夫。誰にも見られる心配は無いから」

純一はユキの言うなりに動くしかなかった。ユキは、ホテルの地下のレストランに入った。席は一番奥の、人の目を全く気にしなくて良い席を選んだ。「ここなら大丈夫」と言いながらも、人の目を気にしているユキだった。純一は人の目を余り気にしていなかった。

ユキはボーイを呼び、フランス料理のフルコースを注文し、「あなた何にする」と聞く。純一が、「俺はチーズクラッカーと、ウイスキーのストレートのダブルにする」と言うと、「私のボトルが有るから、全部空けて良いわヨ」

ユキは、「私もワイン程度なら余り問題ないんで」と、赤ワインをオーダーした。

ほんのりと頬を紅に染めたユキは、

「私があなたをデートに何故さそったか分るかなア。おそらくあなたは、私が退屈して若いツバメを捜している女とか、好色な女程度しか考えていなかったでしョ。本音を言ってヨ」

ユキの強引な質問に、純一はたじろぎ、

「イヤ、職場のお姉さんが、僕が日頃ロクなもの食べてないんで、心配してくれて、栄養ある食事をと、誘ってくれたと思ってます」

「本当に」

「嘘を言ってもしかたがないでしョ」

純一がユキに関して知っている知識は、概ね次の様な事だった。

ユキは若い時から情熱的で、社内で大恋愛をし、夫婦同様の生活をしていた恋人が居た。一緒に通勤し、社内で暇さえあればいつも側に居て、上司から「ここは仕事の場だ。恋を語るのはホテルか家に帰ってからにしろ」と、何度も注意されたという。ユキとの結婚直前になって、恋人は他の女性に心変りし結婚、ユキは恋人から捨てられ、失恋した。

失恋後のユキは、上司とは衝突し、同僚には反発、会社に対しても反抗的となり、生活も相当荒れていたらしい。ユキは失恋の癒されぬ心を、組合活動に熱中する事で満たそうとする様になり、他社のメーカーの労働組合の委員長をしていた現在の夫と知り合い、大恋愛の末結婚、三人の年子を出産した。四年余りの間、出産休暇で出社する日数が少なくても、確実に給与は支払われ、同僚の女性職員からの風当たりは相当厳しかったという。

「女性が子供を産んだら、育児に専念するため、退職すべきだ」

「よくもマア、毎年子供を産んで、育児休暇ばかりで。亭主が組合の幹部をやってるから、権利を有効に使う事だけは得意だ」

「出社して来ても、組合活動ばかりしていて、出産休暇と組合活動で、何の仕事もして無いくせに、給与だけはチャッカリ手にするなんて不公平だ」

それでもユキは幸せだったという。出産した子供の育児は、田舎から上京し同居していたユキの母親に任せ、父は一人で田舎暮しをしていた。子供の出産への喜びと、自分の母親と同居できている事が、何よりユキを勇気付けていたからである。

ところが、ユキの実母との同居が災いして、夫の両親との関係が悪化、離婚話が持ち上がった事もあったらしい。離婚話の心の痛手から逃れるため、会社の取引き先の社員と男と女の関係になり、恋人の関係は十年余り続いたという。

純一は彼氏のいるユキが、純一をデートにさそった事が不思議だった。

「本当の事を聞いて良い」

「何を」

「俺をデートにさそった理由」

「そうネ、決して不倫相手としてじゃないワ」

「だったら」

「あのネ、最近の男の子、平均的で、仕事も大してできないくせに、プライドだけは人一倍強い。それに比べあなたは、仕事をいとも簡単にこなしてる様であるし、性格も屈託無い、そんなあなたの実像を探ってみたい欲望にかられたノ。私のわがままを聞いて下さって感謝してるワ」

純一が少々拍子抜けしたのは事実だった。

「ところで、俺のような男とデートしていて、ご主人や子供さんは大丈夫なノ」

「そうネ、残業と言ってるから大丈夫、午前様にならなければ。ところであなた、休みの日は何して過ごしてるノ」

「趣味が登山だから、山に登ってる事が多いけど、最近はドライブも多いナ」

「そう、今度の土曜の午後ドライブしようか。お暇ある」

「良いです。お願いします」

「じゃあ、今度の土曜の十二時半、今日の駐車場で待ってて、指切りげんまんヨ」

ユキは一人っ子らしく、「私はネ、さみしがり屋なの。あなた兄弟は」。純一も実は一人っ子だった。ユキは、「私達、姉と弟の様な関係になれたら良いわネ」と言う。純一は本音で、ユキのこの言葉を信じたかった。

純一は幼い頃から、不思議と男の友達が少なく、中学生の頃まで、女の子と遊ぶ事が多かった。四、五人の女の子と飯事《ままごと》をして遊んでいると、男の子の友達からは、「女の中に男が一人」と、嘲笑に近い罵声を浴びせられた。だからといって弱虫ではなく、女の子が男の子から苛められていると、苛めている男の子に歯向かい、女の子を守ろうとした。

純一は姉か妹がいる友達がうらやましく、毎日が楽しいだろうと思っていた。そんな思いを大人になっても持ち続けていた自分が、不思議でならなかった。

これがユキとの初めてのデートで、その後二十年余りも続くのである。六歳も年上という事もあって、ユキとの初デートに純一は、余り感動はなかった。

その週の土曜日の午後、二人はドライブに出かけた。二回目のデートであったが、二人の間の話題は、自分の生い立ちから、現在の人間関係や会社への思い入れを、懸命に話し合っていた。初めてのドライブは、二人だけの世界という秘密性や、車中は二人だけのスウィートルームという雰囲気が、二人に淡い恋心を育みつつあった。

その後、月一、二回のデートと、年数回のドライブは欠かさなかった。純一が結婚した後も、全く変らなかった。

二人の関係が危機に瀕しそうになりかけた事も、幾度もあった。ユキが取引き先の恋人と、金銭トラブルで別れた夜や、次の新しい彼と喧嘩別れした後の純一とのデートの時など、ユキは純一に全てを委ねそうになった。姑との喧嘩で家を飛び出し、「今夜、帰るところが無いので、一緒に居て欲しい」と、純一はメモを渡され、二人で公園で夜を明かした事もあったし、二人の関係が社内で噂となり、半年以上会えない事もあった。

その藤島ユキが、突如として、「私、退職する事になったノ」と純一に告げた。純一はあえて、退職する理由は聞かなかった。聞けば未練が残る気がしたからである。考えてみれば、純一がユキと付き合いだして二年後に見合い結婚したのだから、ユキとの付き合いの方が永かったのであるから、純一に未練が残るのは当り前であった。

近況

ユキと純一は、堂々と二人で社員食堂で昼食をとったが、初めての経験だった。二十年もの間、二人の間には他人には理解できないであろうわだかまりがあった。他人の目を気にしながらの二人の関係は、もしかすると無責任な噂が有ったからこそ続いたのかも知れないと、純一は思っていた。むろん、二人の間に、男と女の関係が有った事を否定するつもりもないが、他人に語るべき話でもない事であった。もしかすると、夫婦以上の絆や、感情の高ぶりがあったのは事実であり、その上姉と弟の関係を維持しようとするには、普通の人間関係の数倍ものエネルギーを必要としたからこそ、関係を維持できたのであろう。

ユキは、

「私ネ、来週いっぱいで退職するノ。主人と二人で、主人の両親の居る九州の田舎に帰り、老後を送る事にしたノ。あなた、元気にしててネ」

純一はユキのドライな言葉に、戸惑いを覚えたが、ユキからしたたかでたくましい、人生を送る上での知恵を教えられた気がした。

ユキからの封書の文面には、次のようにしたためてあった。

『お元気でございましょうか。私は相変わらず元気です。

お変りなく、ご活躍の事と、お慶び申し上げます。

風の便りで、あなたが九州福岡の地に、ご転勤されて来るとお聞きしました。本当でございますか。

私は驚きの心で、再びあなたとお会いできる機会を、天か神か分らないけど、与えて下さった事に深く感謝致しております』

純一はユキの、「天か神か分らないけど」という表現に、かつて労働運動に没頭した女の生涯と、老い自然に回帰したいと思う、人間が生き抜く上での知恵の本音が、交差している気がした。

純一はユキが退職する事で、熨斗袋に「お祝い」と書き、三万円を包んで送った。その時、本当に退職が「お祝い」なのか、本当は「残念」ではなかったのか、日本の伝統的な風習に奇異さを実感する純一であった。

『在職中は大変お世話になりました。心から御礼申し上げます。

この度は、退職の「お祝い」まで頂戴しまして恐縮しております。本当にありがとうございます。

実は戴きました「お祝い」を、神棚に上げまして、ご交誼に感謝しつつ、何かしら敬虔な気持ちに打たれて、中を改めることがしばらくの間、どうしてもできませんでした。

右のような事情で、あなたにお礼を申し上げるのが遅れましたが、どうぞ笑ってお許しいただきとう存じます』
純一はユキはドライな性格を演出しているだけで、実像は繊細で小心な性格だと信じていた。労働運動に没頭している時のユキは、天や神に手を合わせる様な女ではなかったし、他人に持論を強要、強制する事があっても、感謝したり、敬虔な気持等、全く持ち合わせては無い風に思えた。
『今の私の暮しは、夫の両親と夫婦の四人のシルバーファミリーなのですが、終日私が家に居る事に、ようやくお互いが馴れてきた様に思います。
とはいっても、年老いてなお元気な東南アジアにはどこにでも居る農民といった趣の両親は、朝早くから鍬を手に、畑仕事をしております。私の役目は専ら収穫物を消費する人という分業で成り立っております』
この文面を見た純一は、君田やユキが、人生をドライに割り切って、精いっぱいに生き、いとも簡単に変身していく性格に、「何と強い人なんだ」と、尊敬とか妬みの心を抱かざるを得なかった。
純一は、自分の周囲にいる余りにも凡庸に、無責任に生きている連中に、ある怒りすら覚えていた。一人ひとりの性格、生き方を、メモ用紙に列記してみた。
・ただひたすら笑い、上司に迎合する世渡り上手
・自分の世界を死守するのが精いっぱいの人物

・出世のためには手段を選ばない高慢野郎
・机に着いたら一歩も動こうとしない輩
・新しい提案をすれば全てを拒否するしか能が無い野郎
・部下の言いなりになって、物分かりが良い上司と大物ぶってる下衆
・自我を無理強いする野郎
・先ずでき無い事情だけを説明する連中
・不平不満だらけで、他人との和を全く考えて無い野郎

純一は、自分の身の回りに居る、少なくとも表面的には真面目で努力家を演じてはいるが、実態は身勝手で無責任な性格の連中の顔を思い浮かべながら、メモ用紙に筆を走らせた。彼らに決定的に欠けているのは、「誠実」と「責任」という、人間として社会で生きていくために必要な最低条件だと、純一は確信していた。その一方で、そう思い込んでいるのは、純一自身が自分の能力を過信し、驕り、社会の現実を見失った結果ではないかという、自己嫌悪の念でもあった。

純一は、一人ひとりの性格をメモしながら、人間が社会で生き抜いていくためのエネルギーとは、これほど乏しくても済むのだと実感すると、自分の「これまでの人生は何だったのダ」と、失望しかけていた。遣り場のない怒りから、メモ用紙を破り捨てようとすると、陽子が、「あなた、お隣りの石川さんが、ちょっとご用があるそうヨ」と、ドアの外から語りかけてきた。

隣りに住む石川は、中堅ゼネコンに勤めているらしかった。年に数回、朝通勤の時に顔を合わ

せ、「お早うございます」と挨拶するか、月一回の自治会の会合で会うだけの関係だった。その程度の関係しか無い石川が、純一の家を訪ねて来たのは、神村一家がここに住んで十数年来、初めての事だった。

石川は、

「どうも、どうも。お久し振りです」

純一は隣りに住んでいて、「お久し振りはないぜ」と思った。間もなく定年を迎えるであろう石川は、自治会の役員になる事を熱望しているらしく、隣近所の主婦層のご機嫌を伺っているという噂があった。

直接会って話し合うと、石川は好々爺で、人を貶めてまでして、自治会の役員になろうとする様な人物ではないと思えた。単純に、老後の生き甲斐を探しているだけで、老後の生き甲斐を自治会の役員に求めているだけの様であった。

純一が、「何かご用で」と切り出すと、石川は、「この度は、福岡へご転勤だそうで、大変ですねエ」と、同情的な挨拶をした。純一は仕事の上で全く関係の無い石川から、同情される事は、不快であったし、「何故」純一の転勤を知っているのか、不思議だったし、気持ちが悪かった。

石川は、

「実は、お願いがございまして、お伺いしたのですが、よろしゅうございましょうか。突然の話で」

「何を」

「実は、わが社が社運をかけて、千葉の市川市の校外に新興住宅地開発をしたのですが、不景気で売れ残りが多くて、困ってるんです。そこでご相談なのですが、神村様の会社が、広告会社とお聞きしまして、住宅地の大売り出しキャンペーンをお願いしたいと思いまして、お伺いしたのでございます」

純一の会社は以前に数回、宅地や住宅の売出しのキャンペーン企画をした事は有るが、余り得意な分野ではなかった。純一はそうした事情を率直に説明したが、石川は、

「わが社は、広告企画の会社と全く無縁で今日までやって参りまして、今度が初めての経験でございます。社員全員に広告企画会社を知っている者は居ないかと聞いたのですが、誰一人として知る社員は居ません。そこで私が、もしかするとの思いで、神村様にお願いに上がったという次第で」

「分りました。お引き受けを前提で、明日営業が石川様をお伺いする様にしましょう。良ろしかったらお名刺をいただけたら、ありがたいのですが」

石川から名刺をもらった純一は、転勤の直前に新しい仕事が飛び込んできた事を感謝した。

ユキからの手紙は、次のように続いていた。

『変った事といえば、これまでご縁の薄かった、夫の生まれた地の、村人達とのお付き合いが、私の主な仕事となった事です。

帰省した翌日の夜、地区の公民館で二人の歓迎会があり、私は隣保班（古いでしょう。二十軒、五三人です）の会計を命じられました。日々、隣保班の行事に顔を出し、存在をアピールし、名前と顔を覚えていただく様努力しています。地区の中では、私でも未だ若輩者ですので、右に左に走り回っております。その内、地区のカオヤクになるかも知れません』

ユキは田舎でも、積極的に生きている気がした。関東で生まれ育ち、五十年以上、半世紀を関東で過ごしてきたユキが、九州の片田舎の、それも狭い地域の中で、協調し融合し合いながら生きていくのは、大変な作業だろうと思った。

『新聞報道によれば、企業を取り巻く情勢は、かつてない厳しさの様です。私の生まれた時代は敗戦一色で、明日食べる物が無い時代で、その時代と比べれば未だ増しですが、明日働く場を失う人達が急増してます。主人もリストラの被害者の一人です』

かつての労働運動の闘士だったユキらしい表現だった。

『ちょっと冗談だけど、ゴメンなさい。相変わらずあなたの周りには、泣いてる女性が何人も居るのではないですか。そろそろ、大人になって下さい。

九州への転勤を、お待ちしてます。

藤島　ユキ

「追伸」、

あなたと一緒に働いた二つの課の時代、大変お世話になりました。

人生、長い様で短い……と、この頃つくづく思っております。

その後お変りありませんか。

余り無理をしないで、お酒は程々に召し上がって下さい。

私は四月、中国へ旅します。五月の連休にお会いできれば、幸いでございます。

神村様』

おそらくユキは、寝付けない夜を、純一に向けて筆を執る事で心を癒そうとしたのだろう。

純一はユキとの二十年余りの付き合いを通して、女の一生を見通した様な気持ちになった。女性が学校を卒業し、就職した後は、生涯を供にする伴侶を求めて恋をする、恋は成就する事もあれば、破れる事もある。こんな苦しみを経て、やがて赤い糸で結ばれた男と結婚、子供を出産し、育児のために家庭に入るか、育児をしながら共働きする者に分かれる。子供は育ち独立し、やがて夫が定年を迎え、老夫婦となった二人が、肩を寄せ合いながら老後を送る。老後という時を迎えるまで、おそらく女性も夫以外の何人もの男性と出会い、恋をしているに違いないと思った。

ユキは結婚前に大恋愛し失恋、現在の夫と大恋愛の末結婚し、子供を三人生み、共働きを続けた。その間、夫以外の男性何人かとも恋をし、家庭内では嫁姑の争いもあった。三人の子供は大学を卒業し、既に就職し独立、ユキ夫婦は定年を前に退職した。

純一は、そんな事を考えると、ユキは他の女性と比べてみれば少しは情熱的に生きた女であるかも知れないが、案外と平均的に歳をとっていった女であるかも知れないとも思った。

純一は、ユキに返事を書く事にした。福岡へ転勤を希望したのも、ユキが表現した「天か神」のご加護とも思えた。

『久しぶりのお便りありがとう。

福岡へ転勤する事をあなたが知ってて、驚いています。

あなたの変身ぶり、さすがだと思いました。到底私にできる事ではない、女性の強さを知りました。

私自身の転勤の事ですが、あなたもご存知の通り、社内の人間関係が複雑化し、思うに任せた仕事ができなくなり、数年新天地で働く気持になったからです。今、最も元気が良いのが福岡の街と聞き、本社と比べれば小さな事しかでき無いかも知れませんが、精いっぱい何かを探し求めて、働いてみようと考えています。

あなたのお元気な様子を知り、安心しました。田舎で自然と向き合い生きていくというのは、極めて人間的な生き方かも知れません。私自身が自然と向き合うのは、雨か台風の時程度で、日々の暮しの中には、全く自然は有りません。それでも道を歩いてて、家の庭にある植木鉢の花を見て、美しいと感じる事ができる様になりました。美しいものを美しい、汚いものは汚いと、はっきりと区別し、他人にも話せる様になりました。

ようやく大人になり、大人の感覚で仕事ができる様になったのでしょうか。ただ歳を無駄にとっただけなのでしょうか。

福岡に着任しましたら、ご連絡申し上げます。是非一度お会いしたいと考えております。

ユキ様

純一』

純一はユキへの便りを書き終え、読み返して、何と取り留めの無い事を書いたものかと思いながら、封筒に入れた。

最もユキに伝えたかったのは、社内の「人間関係の複雑化」という、極めてあいまいな表現だけれども、純一が直面している最大の悩みであった。ユキも在職中に何度も厳しい人間関係に直面し、純一に不満を打ち明けた事があり、「人間関係の複雑化」という意味は、ユキには充分理解できる表現であると思われた。

再会

純一とユキが再会したのは、純一が福岡に着任して二ヶ月後の六月初めの土曜日だった。ユキは先週まで中国を旅行してきたらしく、純一に中国製の毛筆の土産を渡し、純一は「ありがとう」とお礼を言い、「中国の感想はどうだった」と聞いた。ユキは、

「中国ってのは大陸と言われる様に、本当に広いワ。本当に気宇壮大って感じで、都市は人が多くて、人に酔いそうだった。歴史遺産も多くてネ、規模も日本とは全然違うって感じ。人生の良い思い出になったワ」

「それはそうと元気だった」

「ええ、毎日が田舎暮しだけど、近所の人が優しいので楽しいワ」

そんな話をしながら二人は日本料理の店に入り、個室をとった。料理と日本酒を注文し、久しぶりの二人の逢瀬を楽しんだ。

ユキが、「何で福岡に希望して転勤してきたノ。まさか、私を追っかけて来たのじゃないでしょうネ。冗談だけど」と聞く。

純一は、ユキには本音を言いたかった。

「そうだネ、本社内は完全に人間関係はお互い信頼を失ってネ、自分勝手な連中が増えて、上

司の命令を聞く部下、その部下の言い分を少しでも聞こうという上司もほとんど居なくなった。原因がどこにあるのか考えてみたんだが、どうやらバブルで会社が儲けたんで、会社全体が自信過剰になったからだと思うんだ」

「自信を持って良い事じゃあないノ」

「いや自信過剰になるってのは驕りであってネ、男ってのは今度は何をするにしても、自分は責任はとりたくない、安全な場所に居たいと思うようになるんだ」

「男の考え方ってそんなものなノ」

「その様だネ。仕事して失敗すれば、処分されるか、リストラの時には有力候補になり勝ちだろう。それに仕事で実績を上げると目立って、出る杭は打たれる事になる。周囲から妬みを買い、仲間はずれにされる事にもなるんダ」

「男の社会って大変なのネ」

「失敗しなければサ、終身雇用で身分は安定してるし、定年を迎えれば退職金も貰える。そう考えるとネ、仕事をして失敗する可能性を抱えるより、仕事をする振りをして仕事から逃げた方が得策だと思う様になる。

本社は役員も社員も自分の利益しか考えない連中ばかりダ」

「そんな事を言うと、私以上に嫌われ人間になるわヨ。私は辞めたから良いけど」

「辞めたから幸せだ。俺は未だ子供を育てなけりゃいかん。会社が倒産したら困るんだ。だから、外から会社の再建をしようと、福岡に来たんだ。支店の改革を進めて実現すれば、本社の連中も少しは分るだろう、俺の気持ちが」

「あなたって、いつまでも青年。大人になれないのネ」

ユキは相当酔っていた。純一はユキの言う「大人」という意味を、「諦観」、「あきらめ」を持って人生を送る人間になる事だと理解した。しかし、純一は家族や友人が少しでも幸せになる事を考えると、諦観を持つ事は裏切りになると思えたし、諦観を持ったから福岡に希望して転勤してきたのではなかった。純一はユキに、福岡に希望して転勤し、福岡支店の実状に絶望している事を率直に話した。

「俺は、本社に絶望して、福岡支店を動かす事で本社を動かそうと考えたんダ」

「あなたの気持分る」

そんな話をしていると、隣りの室から襖越しに春美の声が聞えてきた。

「社長、いつもお元気で。今度、何で儲けしゃるんト。教えて」

春美には、ホステスの様な才能があると、純一は思っていたが、襖越しに聞える春美の会話は、まさにホステスの会話そのものであった。

純一はユキに小声で、

「オイ、ユキ、春美知ってるだろう。隣りの室に居る様だ。小さな声で話そう」と言った。

ユキは、ハッとし、「何故、春美ちゃん博多に居るノ。あなたの妻になったか愛人じゃないノ」

「イヤ、あの女は川端の金物屋の娘で、退社して家業を継いだらしい」

「本当」

「本当だヨ」

純一は春美との同棲生活を明かす訳にはゆかなかった。

ユキの髪には白いものが増え、急に老いていったとしか純一には思えず、農村での生活に話は移っていった。

純一は、ユキに携帯電話の番号を教え、「何かあったら連絡するように」と言い、その夜はユキとホテルを供にした。

朝、ユキは久しぶりの純一との会話に、満足し切っている風だった。二人で食事をするのは、おそらく一年ぶりだった。

「あなたって、いつまでも子供、良く言って青年」と言いながら、ユキは朝食を楽しんでいた。純一は、「女って、男を子供とか青年としか判断できないのか」と聞くと、「そんな訳じゃないけど」とユキは言った。

二人は翌朝博多駅前で別れた。ユキは、「また二人で会えると良いわネ」と言った。純一は、「暇ができたら電話して」と言い、二人は別れた。これが二人の人生の最後の出会いだった。

翌朝、マンションに帰った後の、純一と春美の関係は最悪だった。春美も日本料理屋で隣室に純一がユキと同席していた事に気付いていたらしく、そのため必要以上に同席していた社長連中に媚びを売っていたらしかったのだ。純一は春美に、「お前一人が女じゃない」と言いたい位の激しい反発をしたくて、どう身を処して良いのかも分らなかった。

福岡支店内部を改革する事で、本社を動かし、会社再建を夢みた純一であったが、福岡支店の現実は、わずか八名、純一を加えても九名の勢力で、九名の体制の改革を図っても、四百人近い会社の改革を図る事は困難であり、むしろ本社に次いで大きい大阪支店に希望転勤し、大阪支店の改革を図れば、全社を動かす事ができたのではと、後悔していた。

それでも純一は、福岡に来た以上蟻の一穴の、それ以上の動揺を会社に与える必要が有ると考えていた。そうしないと家族や友人達と離別してまで、福岡支店に希望して転勤してきた理由付けができなかったからである。

純一は、蟻の一穴を信じて動くであろう事を確信して、福岡支店の改革を考えようとしていた。でなければ、福岡支店への希望しての転勤は、人生の選択の誤りを認める事になると考えていた。失敗すれば間違いなく、関係者は嘲笑するに違いないと純一は考えていた。

福岡支店への希望しての転勤を考え始めたのは、おそらく数年前からで、漠然と今の生活を変えてみたいという思いからであった。その後、社内の人間関係が損なわれ、組織自体が迷走する様になり、純一は多少なりとも是正しようという努力を、自分なりにしたつもりだったが、しょせん多勢に無勢という情勢から、純一の努力は「つもり」程度の成果しか上げ得なかったのが現実である。

七支店ある中で福岡支店を選択したのは、本社から最も遠いという地理的条件にあった。本社の人間と少しでも遠い場所に居たい、その上で外からの改革で、本社を動かし、社内の改革ができれば、人間関係の摩擦が少なくて済み、妬みや恨みを買う事も少ないと考えたからであった。

そう決断して福岡支店へ希望した純一であったが、福岡支店での改革が、本店の改革を促すまでになるか未知数であり、純一の心は不安に満ちていた。

せめてユキとは充分理解できる様に話し合えた事が救いだった。

準備

純一は翌日の日曜日、福岡へ転勤するに当たって、最少必要限度の身の周り品を、ダンボール箱に納め、宅急便で送る用意をした。

陽子は、「あなたが、こんなに小まめな気働きする方だったとは、思いませんでしたワ。男の方って、社会に出るために、相当お気を遣われてるって、初めて知りましたワ」と言う。純一は、家という狭い社会で生きている専業主婦は、何ら人間関係を気にすること無く、気楽に人生を送っている気がした。凡庸な日々の暮しの退屈からおきるストレスを解消するため、芸能スキャンダルという縁もゆかりもない人達の人間関係のトラブルや、奇異、奇っ怪な事件のストーリーに、異常な関心を示すのだろうと、思った。

月曜日、出社した純一は、広告企画を担当する企画二課長に、先日純一の自宅を訪ねてきた石川の名刺を渡し、「住宅地販売の広告企画を依頼されたので、営業が連絡してみて欲しい」と指示した。二課長は、「分りました」と了承した。純一は本社での最後の仕事をこなしたと、自分に言い聞かせ、「これで本社で仕事をする事はもう無いだろう」という思いとなった。

平成商事は広告企画を専業として創業された会社だけに、企画二課には、優秀な人材が集められていた。企画部の業務量の七割は二課が担当していて、二課の業績が社全体の業績を左右すると言っても過言ではなかった。社全体の業績が右肩下がりにあっても、何とか命運を保ち得ているのは、二課の業績が年に数%でも伸びているからであった。

企画部の一課では、行政や経済団体からの委託による、イベント企画、地域振興計画、市場調査など、一般にはシンクタンクと呼ばれている業種が行う業務を担当していた。平成商事が急成長したのは、一課の担当している分野が順調に成長したからだが、最近は自治体が予算を節減してきて、業績は悪化の一途を辿っていた。三課は、次世代を担う新規産業、ニュービジネス産業との連けいによって、広告代理業が新たなる業態を生みだすべきであるという、極めて積極的な経営方針から生まれた課であった。

二課は業績も伸び、安定的な組織秩序を保っていたが、一課と三課は費用対効果からすると、大巾な赤字であった。

一課の男性職員の大半は、異常とも思える程、エリート意識が強かった。おそらく自治体や経済団体からの業務委託を受けている事で、自らが権力の一翼を担い、社会を動かしているという幻想が生まれたからであろう。その程度の幻想であれば、社内の問題で済ませるが、最近は委託者である自治体などの意図や意思を完全に無視し、自分勝手な計画を策定し、それを委託者に強制しようとする職員が増えていた。委託者からの苦情が続き、それが業績悪化の要因となっていた。

ある小さな町が「情報化による地域活性化策」という調査研究を委託してきたが、この時一課の課長代理をチーフにプロジェクトチームを組んだ。課長代理がパソコン等の情報システムに強い興味を持ち、社内情報化委員会の有力なメンバーであったからであった。

町からの委託の趣旨は、「町の基幹産業である農業、林業、観光と、都会の市場、消費者とのネットワーク化による地域活性化策」だった。

ところが、でき上がった調査報告書の内容は、委託者の期待や思いとは全く異なった内容であった。

「町内の全戸をパソコンでネットワーク化し、地域住民の「情報の共有化」を強力に進め、地域活性化を図るべきである」が、結論であった。

純一は慌てた。委託者の期待する意図とは全く異なる結論を提案し、その上全く具体性、現実味を欠く報告書の内容だったからである。緊急の打ち合わせ会議を開き、報告書の内容を全面的に書き改める必要があった。

緊急会議の席上、純一は「この報告書を作成するに当たって、スタッフの全員が全身全霊を打ち込んでくれた事は理解しますが、委託者の意図、希望は全く示されておりません。大変失礼な言い方ですが、事実であります。納期まで後一ヶ月で、全面的に書き改めていただきたいのです」と、提案した。

課長代理は激怒し、「部長は情報化が何たるかを全く分って無いし、分ろうともして無い。部長は日々の仕事の中でも、ワープロすら扱いたがらないじゃないですか。失礼、無礼な発言を取り消して下さい」

純一は冷静に、「君、怒る事じゃ無い。では、三点質問して良いかな」と、課長代理に言い返した。

課長代理は、「どうゾ」と居直った。

純一の質問、疑問は、次の三点だった。

その一は、町自体が期待、意図しているのは、農業、林業、観光に携わる人々と、町外の市場、消費者とのネットワーク化であって、町内の住民のネットワークという発想は全く無いのに、町内の全戸を何故パソコンネットワークするという発想になったのか。

その二、「情報の共有化」とは、八千人余りの住民が、全く同じ考えで、同じ発想をするという事であり、そうした事が現実的に可能であるのか。

その三、「情報の共有化」とは、単一的、均質的な情報を持ち合う事であるが、その事が何故地域活性化になるのか。

純一は課長代理に、報告書の最終結論に対する問題点を突き付けた。スタッフはおそらく純一の指摘には、初めから疑問を持ちながら、課長代理の強引な主張に従ったのだろう、一言も意見を言おうとはしなかった。

課長代理は、大げさな身ぶり手ぶりで、純一に反論を述べ始めた。

「部長、何の作業も手伝わず、よくも勝手な事を言うものですねエ。全てご説明申し上げます。

その一、地域社会では今でも回覧板という古典的な情報伝達手段に頼っている。そんな古い体質が、若い世代の反発を買い、過疎の要因となっているという現実を、田舎の役場の連中は全く分ってない。今日の情報革命の潮流を、地域の中にビルトインすることで、地域情報革命がおき、地域は活性化する。

金儲けのために、地域外に情報発信するとか、ネットワーク化するというのは、偽善的な論理であり、そんな役場の連中の発想を破壊し、住民本位の地域づくりのために、パソコンネットワークを提言しました。何か文句ありますか」

純一は、逆に独善的で強引な課長代理の論旨に恐怖心すら持った。

「オイ、回覧板であろうと、パソコンであろうと、情報が伝われば良いのだろう。田舎ではお年寄りが多くて、パソコンを使いこなせない世代が多いだろうし、パソコンを購入する資金は誰が負担するんだ。それと、金儲けのために町役場が情報発信するのは偽善と言ったが、お前が偽善だと言う立場にないだろう。お前はどれほど立派な人間だ。驕るのもいい加減にしろ」

追いつめられた課長代理の語気は、より一層強くなった。

「その二、たかだか八千人が情報の共有化ができ無い町なんて、消えていく運命に有ると言える。町民一人ひとりが身勝手な事を言い、町当局はそれを取りまとめる力は無い、こんな自治体ばかりなのに、地方分権を主張する、全く無責任だ。企業の中では、社員の情報の共有化で急成長しているところもある。自治体は企業の厳しい努力の現実を全く分ってない。その事を分らせる事が、本報告書の結論であるけど、部長は商売人根性で、俺を批判しているだけだ」

純一は、課長代理は自分の能力に酔い痴れ、明治維新の志士気取りしている気がした。「だったら脱藩しろ、退社しろ」と言いたかった純一であった。

「君の主張は分った。しかし、わが社の職員には、住民の方々の心まで左右する権限は与えられてはいない。与えられているのは、町役場の方が考えられておられる、町住民と都市の市場や消費者のネットワークをどうすればうまく構築できるのか、その知恵を提案するだけではないのか」

課長代理は、「相変わらず守旧的な、自己保身のための勝手な事を言い続ければ、身分も高い給与も保証されるんだから、部長というポストはうま味のあるポストですよネ。その代り会社には成長という夢、ロマンは無くなる、若い社員が部長に批判的という事も分ってない、私は失望しました」

「俺に対する批判はいくらでも受けるが、俺の質問に答えろ。お前は毎夜の様に飲みながら、内の部長は守旧派だ。あんな男が会社を倒産させると、悪口言ってるらしいな」

純一は連中の無責任さ、高慢さに辟易していた。結局、第二点目の疑問への真面目な答えは無かった。

「第三の質問への答えは、地域の住民が一体となって、イベントや地域づくりに励む、一体となる事で地域に活力が生まれるのです」

純一はとうとうキレた。

「ふざけるナ、住民が全て同じ考え、発想するなんて絶対有り得ないし、お前もどきの発想で地域社会を変える等というのは、驕りだ。お前は、お客様のご注文の言い付けを守って、言いなりになれば良い、それだけの地位も力も無い。それがわれわれの役目だし、義務だ」

純一は直ぐに課長代理をプロジェクトチームのラインから外して、地方支店への転出を役員に進言した。翌日、四国支店の課長代理としての転勤が決まった。

三課のスタッフは十名しか居なかった。新規事業、ベンチャービジネスとの連けいによる広告代理業の新規事業分野開拓を謳い上げた期待の星だったが、課の新設以来、全く実績は無かった。十人の最初の仕事は、新規事業やベンチャービジネス分野で成長している注目すべき企業の実態調査をする事だった。彼らは毎日、日刊紙、業界紙等を読み、注目度の高い企業の記事を切り抜き、コピーして、社内の関係者に配布する事が、主な業務であった。

実は、彼らが自らの主要な業務と信じ込んでしまった、新聞を切り抜いて、コピーを関係者に配布する事などはどうでもよい事で、記事として書かれている企業へ訪問し、平成商事の業務を売り込む事が不可欠だった。三課の職員は、企業訪問して平成商事を売り込むのは営業が担当と割り切っていたから、営業へ新聞の切り抜きのコピーさえ渡しておけば済むという思いが強かった。

三課が新設されて以来、十名のスタッフの日常的な業務は、朝から夕方までの仕事は、新聞を隅から隅まで読む事であった。純一は三課のあり方に疑問を感じ、三課の職員に対し、「新聞の切り抜きもありがたいけど、一社でも訪問した事が有るのか」と聞いた。課員は、「企業訪問は営業部が担当でしょう。わが部の職員が企業訪問するのは、越権行為になり、社内でトラブルがおき、大変な事になりますヨ。部長ともあろう人が、そんな事も分らなくては、困ります」と、純一の質問を完全に否定し、批判した。

純一は十人のスタッフには、何を言ってもどうにもならないと考え、三課の業務の廃止と、肥大化した二課の分割を決断した。

分割して新設される二課と三課は、担当する地域を、東日本と西日本に分ける事にした。最も困ったのは、廃止する三課の課長の処遇だった。仕事に対する意欲の全く無い課長を、新設の三課の課長に据える事だけは避けなければならなかった。意欲の無い課長を据えれば、課員全体の志気をそぐ事になるため、地方支店に配転する事にした。

スタッフの五人を地方支店の営業に配転し、実戦力になるために訓練し直す必要があった。一課の課長代理の様に、驕りと高慢な性格に変り、三課のスタッフの様に、全く意欲を失ってしまっているのを放置していたのは、もちろん上司の純一や役員にも大きな責任が有る。その事に純一は自責の念を感じていた。

純一は、人間は、うまく歯車がかみ合っている時は想像や期待以上の能力を発揮するが、一旦歯車が狂うと、全く能力を発揮できなくなり、死に体に近い状況で無為な日々を送る様になってしまう生き物だと実感していた。

純一が決定した一課と三課への対応は、直ぐに社内で、噂となった。純一の日々の業務の進め方は、一旦全てを部下に任せ、業務を進める上ではなるべく部下の自主性を尊重し、必要に応じてアドバイスする程度に止めていた。多くの中間管理職は、自己の存在を勘違いしてるとしか、思えなかった。「中間管理職」という肩書からくるイメージから、職員である部下が、人生を送る上で違法な事を犯したり、業務上の責任から逃れるために、机を離れて遊び回らない様、部下を監視する役割りと、思い込んでいる者が余りにも多かった。その上、自分が課長や部長という肩書きを得る努力をするのは、部下を自分勝手に自由に使いこなし、支配欲を満足させるためだと思い込んでいる者も、少なくなかった。これでは、「中間監視職」と名称を変えるべきではないか。業務を合理的、効率的に進めようという発想が完全に欠落しており、こうした中間管理職が急増しているのに、日本経済も企業の業績が順調に成長している事自体が、純一には不可解であった。

月曜日の午前中、純一は自分の机の中や更衣室のロッカーを全て整理し、二課長を呼び、「これから数日、取り引き先のお客様へ、転勤の挨拶回りするので、出社できない。後は全て任せるのでよろしく」と伝えた。

二課長は、「分りました」と了承し、「で、緊急の用は携帯へご連絡して良ろしいでしょうか」と聞くので、「お願いします」と答えた。

純一は、福岡支店へ着任する義務のある四月十日まで、一日足りとも平成商事に関係する者とは、一人でも会いたく無かった。辞令交付の日も、仮病を使ってでも出社する気は無かった。辞令は転勤先の福岡支店へ送ってもらえば、済む話だったからである。

昼食を一人で社員食堂でとった純一は、誰にも何も伝えず、会社を出た。転勤の噂が社内に流れた時点から、本社の職員にとって純一の存在は、既に過去の人であった。ＯＢ会運営の事務の一切を拒否する事となった背景には、過去の人間の、経営方針や人事の過剰介入への、拒否感覚があった。それ以来、過剰で過敏、濃密だった人間関係が急速に希薄化したが、濃密な人間関係に代って仕事本位のドライな人間関係が生まれたかというと、白けが蔓延しただけであった。

純一が転勤するにあたり、絶対に会っておかなければならない人物が居た。純一が学生時代アルバイトをして、後に陽子との結婚の仲人となってくれた、平川商店の平川平蔵氏だった。

平川商店は公立学校の給食や、関東一円の老舗の菓子店等の食材を取り扱う事を商売としてきた。純一は苦学生ではなかったが、老舗の菓子屋の菓子の原材料を取り扱っている事に強い興味を引かれ、四年間平川商店でアルバイトを続けた。純一はアルバイトでありながら、全国の生産者の元へ派遣された。生産者の大半が純一に、「君のところの社長の眼力は大したものだ。内の生産物を捜し当て、食材として商売をしていただいてる、ありがたい事だ」と、平川社長をベタ誉めした。

平川が個人商店の八百屋を、公立学校の食材を大量に扱う商売へと発展させる事ができたのは、徹底して生産者と信頼関係を構築するための話し合いと、良質の生産物への拘わり、生産管理と安定供給のシステムを生産者の住む地域へ導入した事にあった。

平川平蔵は、身勝手とも思える生産者の声も、なるべく商売に生かす様に努めていた。社員からは、「内の社長は、何でも生産者の言いなり、苦労するのは社員の私達、商売が成り立っているのも、私達の苦労のお陰」と陰口を言われていた。生産者は、身勝手な意見でも聞き入れてくれる平川を、名字と名前の頭文字から、親しみを込めて「ヘイヘイさん」、「ヘイヘイの親父」と呼んだ。

純一が大学を卒業する時平川は、「もし就職が決まらなかったら、俺の仕事を手伝ってくれないか。大学を卒業してする様な仕事じゃないかも知れんが、やり方によっては業務拡大は無限に近いし、遣り甲斐の有る、人生をかけても損は無い仕事だと思うが、一度考えてみてくれないか」と、強気で純一に平川商店で一生働く事を勧めた。平川の真意は、純一に平川の長女との結婚し、後継ぎになって欲しいという強い願いがあったからだった。平川は純一を徹底的に信用し、トコトン惚れ込んでいた。純一は、「両親の縁故で決まった会社がありますので」と、平川商店で働く事を断った。

純一が就職した後でも、平川は時々純一に電話してきて、「オイ、今夜暇だったら出て来いヨ。飲もう」と誘い、まるで純一を自分の息子の様にかわいがった。そして、平川は遠縁にあたる陽子と強引に見合いをさせ、仲人まで買って出たのである。

久しぶりに会う平川は、既に六十の後半で、初老の域に達していた。

「お久しぶりです。お元気ですか」

「元気なのは元気だが、もう歳だ」と弱音を吐いた。

純一は、「最近の景気はどうですか」とありきたりの質問をしたが、よく考えてみれば、公立学校の給食の食材を取り扱う平川商店は、余り景気に左右される事は少なく、純一の質問は愚問に近かった。

平川によれば、都心の学校ではスプロール化と少子化で生徒数が減り、当然給食の食材の取り扱い量も減少しているという。ところが本人も従業員も高齢化し、食材の取り扱い量が減少する事は、実はありがたい事だというのである。

孫も三人できたので、悠悠自適の生活を送るため、店を閉めようと計画したら、都心の公立学校へ農産物の食材を納入できる業者が少なく、店を閉める事もできないでいるという。その上、農産物の生産者が高齢化して離農する者が多く、安定的に生産物を供給してくれる基盤そのものが崩壊しつつあり、離農によって確保できなくなった量を、新たに供給してくれる生産者を探すのに、四苦八苦しているらしかった。

強気一本槍で業績を伸ばしてきた平川が、これほど弱気な発言をするとは、純一は信じられなかった。二十年以上という月日の流れを、実感するしかなかった。

平川は突然、引出しを開けて、ある名刺を取り出し、「オイ、神村君、この男知ってるか」と聞いた。名刺は、平成商事の企画一課の課長代理のものだった。

「何故、ヘイヘイ親父、こいつの名刺持ってるの」

「俺は、神村君が一、二度こいつを連れて来たのを覚えていた。連れて来たのを覚えてるか」

「ハイ」

「実はこいつが、「実は四国に転勤する様になりました」と挨拶に来た。俺はサ、何で全く関係の無いこいつが、挨拶に来たんだろうと思ったが、強引にその椅子に座りやがったんダ。そして、延々と神村君、君の誹謗中傷を言い続けてね。三、四十分も勝手な事を言うんで、「俺には関係無い。直接本人に言え」って叱ったら、帰ったヨ」

「何の意図があったのか良く分りませんが、全く関係無いのに、済みません」

「君に何か恨みがある風だったゾ。気を付けた方が良い」

純一にはある程度の事は、分っていた。課長代理の性格は、自己中心で、何でも自分が一番でないと気が済まず、業務上の事なら未しも、部下の私生活にまで深く介入しようとする癖があった。自分が主張し要求する事を否定したり拒否されると、激怒したり、陰でデマを飛ばし嘘を言い、相手を不快にさせたり、信用を失墜させようとする事もあった。

おそらく課長代理は、純一と関係の深い取り引き先にも同じような行動をとっている可能性があったため、他社への転勤の挨拶回りは止める事にした。

純一は平川に別れの挨拶をし、家へ直行した。

陽子が「アラ、久しぶりにお早いのネ。何年振りかしら」と言うと、純一は陽子の質問に本音では答えず、「転勤の用意は全て終った。明日から二週間程家に居るから」と言った。

旅立ち

純一はその夜、陽子と子供に「福岡に一緒に転居してくれるか」と聞いた。陽子は、「子供の進学には、都会の学校の方が良いし、塾もあるでしょう」と、暗に単身赴任して欲しい事をほのめかし、子供は二人共、「友達と別れたくない」事を理由に、「父親と別居する淋しさを我慢するから」と、母の意見の単身赴任に賛成した。

翌日、会社に電話し、春美に「四月九日の十二時前後の博多までの新幹線の切符を購入しててて欲しい」と依頼した。そして、当日の十一時頃、「東京駅八重洲口側の場所で待ってて欲しい」旨を伝えた。東京を離れる前に、春美と軽い食事でもして別れ、旅立とうと思ったからである。

純一は昼過ぎから、ウイスキーの水割りを口にしていた。春美に言い忘れた事を思い出し、再び電話をした。再三連絡を取り合う事は、二人の関係にとって、決してベターではなかったが、どうしても連絡しておかなければならなかった。

辞令交付の日がいつになるのかが未定であったし、最近の社内の人間関係に少々嫌気をさしていたため、出社し辞令を受け取り社内の挨拶回りもしたくなかったので、春美に、「辞令が出る日は、「神村部長は体調が悪く病院に行っているので、出社できないそうです」と人事部に伝えて、辞令は福岡支店に送って欲しい」と、頼んだ。

純一は二週間余りを、家族と過ごし、会社の事は一切思いだしたくないと決心していたが、少し酔いが回った事と、春美に電話した事から、ここ数年どうして社内の雰囲気が息苦しくなり、人間関係が悪化していったのかを考えていた。

社内の社員の性格やタイプ別に、ノートに整理してみる事にした。本社を離れる純一にとって、既に無意味で無駄な作業だと思われたが、どうしても社内の人間関係の悪化の要因と、急速に変化していった部下達の性格の原因を考えてみたかった。

数年前までの部下の社員は元気があって、働く姿勢も積極的だったし、社内の机に向って仕事する時間より、外勤して直接取り引き先と交渉し仕事をする時間が多かった。会議も談論風発といった趣があって活発だったし、夜は社員がこぞって毎夜のようにスナック等に繰り出し、マイクを競って取り合い、カラオケで喉自慢を披露し合った。

ところが数年前から、元気のある社員は皆無に近くなり、働く上では責任回避、前例主義、懸命に働いているポーズだけが目立つ様になり、机上だけで業務上の用務を済ませようとし、一旦机に着いたら絶対に机から離れようとしなくなってしまっていた。会議も建て前の奇麗事の意見ばかりとなり、社員同志は会議の時の目線やポーズのとり方を陰で真面目に議論しているし、社員同志が夜の繁華街へ繰り出す事も無くなっていた。

男性社員に元気が無くなったのは、高学歴の女性社員が増え、彼女達の勢いに押され気味となったからだろうか。机上だけで仕事を済ませようとする職員の急増は、電話、ファックス、パソコンなどの通信システムが発達したことや、成熟化社会となって出る杭は打たれる事が多くなり、机を離れる事に恐怖心を持つ様になったからではないかと考えるしかなかった。

会議で奇麗事ばかりの議論となったのは、本音の議論をすれば本音を言った者が責任を負わなければならなくなったり、議論を批判とか横槍と悪意に解釈する者が増えたからであろうか。

こうした雰囲気に危機意識を持った純一は、あえて幹部会議に二度問題提起した事がある。

一度目は、「給与の全額振り込みを、せめてボーナスだけは現金支払いにしてはどうか」という提案だった。

給与が全額振り込みとなった結果、社員には収入の実感が全く無くなり、お金を見るのはモノを買い、食事をする時の支払う時だけとなったため、精神的に萎縮し、気分的に内向きとなり、その上愛社精神が希薄化しているのではないかという、危機感からであった。数人から賛意の声があったが、経理課長の徹底的な反対の意見で、この提案は没になった。ボーナスだけでも現金支給するとなると、電子計算機の給与支払システムの変更に膨大な費用を要する事、ボーナス支給事務に費やす女子職員の労働時間を賃金に積算すると、やはり経費のロスになるからという意見であった。

ボーナスだけでも現金支給し、収入が確実にあることを実感させ、労働意欲をかきたて、愛社精神を高揚させることで得る利益と、コンピューターシステムの変更や、女子職員が給与支払いに要する労働時間コストを差し引き計算してみれば、労働意欲や愛社精神をかきたてて得る利益の方が大きい事は、幹部会議メンバーの大半が理解している事だった。しかし、経理課長が言い出したら絶対に自説を曲げない頑なな性格、現状を維持する事だけの無気力な姿勢を全員が知っているだけに、経理課長の意見に従うしかなかった。

二つ目の提案は、社内の会議を半減しようという、思い切った提案だった。

会議が急増した分だけ、瑣末な議題が増え、その上議論する必要もない議題も多くなり、何のために会議を開くのかという目的を見失い、会議を開く事が会議の目的となってきているからであった。

会議に要する時間コストは当然肥大化しているだろうし、会議を開いた事で安心し、その上中途半端な議論のため、責任の所在が不鮮明となってきていたから、純一は会議の半減を提案したのだった。

この提案に反対したのが、やはり経理課長で、「社内の風通しを良くするため会議を増やし、情報の共有化を進め、社員同志の信頼感を高めるべき」というのが、彼の主張だった。

この経理課長の主張に純一は反論した。

「情報の共有化はパソコンで充分だと思う。情報にはプライオリティがあって、社長は担当や課長クラスが知っておれば良い情報を知らなくて良いし、担当は社長が知っておくべき情報を知る必要は無いのじゃないか」

それでも経理課長は現状を維持せんがための強引な主張を続け、やはり純一の提案は没になった。おそらく将来共、無意味な会議は増えていくに違いなかった。

純一はノートに企画部を中心に、三十人余りの社員を、性格やタイプ別に分類してみた。最も多いのが、現在の社内の雰囲気に背を向けるか白けて、自分勝手に自分のテリトリーを決めてしまい、他人と協調、協力し合って業務を進めようと決してしないタイプであった。おそらく会社でも家庭でもパソコンに向い、自分一人の世界に没入してしまってる人が増えているからだろうと思われた。自分一人の世界に没入していても、自分勝手に決めたテリトリー業務だけはそつなくこなしているだけは、未だ救いがあった。

次に多いのが最も困ったタイプで、無気力、無関心、無感動、全く何を考えているのか全く分らない社員であった。上司が指示、命令をしても、全く知らぬ振りをしていて、一日中寡黙を通し、人との対話は全く無い輩だった。

最近増えてきたのが、独善的で自己主張が強く、全く他人の意見に耳を貸さないタイプであった。自己主張といっても自分の意見ではなく、他人の意見の受け売りか前例に固守しているだけで、何を主張しているのかというと、他人に自分の責任を押し付けるか責任逃れを、暗に遠回しに主張しているだけの連中だった。

彼らに共通している性格は、責任回避、現実逃避、自己中心性であった。純一は彼らをこうした性格に追い込んだのは、社会とか会社という環境の異常さにあると思った。

彼らに責任回避、現実逃避、自己中心性の姿勢を固守させているのは、彼らが家庭や地域、趣味といった会社以外の外の世界を全く持ち合わせていないが故の会社人間であり、会社への貢献を過剰反応させているからではないかと考えた。しかし、彼らに本気で会社への忠誠心があるとは決して思えなかった。

何故彼らが責任を回避しようとするのか、それは万が一にも仕事上失敗すれば、会社から見捨てられるという恐怖心があるからであろう。何故現実から逃避した言動をとるのか、おそらく会社という組織の内部は、想像以上の過剰な競争社会であり、他人との出世競争に打ち勝つためには、異端の発想、行動を演じて見せる事が最も手っ取り早いと考えるからだが、彼らの言動は、実は反動的であった。そして、出る杭は打たれる恐怖心もあり、彼らの考える異端の発想、行動は、全く現実味の無い、無難な発想、行動に終わってしまっており、こうした中途半端な生き方を永い間続けている内に、現実を見据える能力を失っていったのであろうとしか、考えられなかった。

人間は、自分の存在を確認するため、自己主張し、他人から承認される事で、自信や誇りを持って生きてゆける。もし自己主張や存在を拒否され否定され続ければ、自己の存在価値を自らが失い、場合によっては自殺を選択する場合もある。社内の厳しい競争社会の中では、いくら自己主張しても、他人はその主張を拒否、否定する事で、競争を勝ち抜こうとするのは、当たり前といえば当たり前の事である。他人からの承認を得られる機会の少なくなった組織、社会では、自己中心的な言動をする事で自己確認し、精神的な苦痛を緩和する以外に無いのかも知れない。

純一はこう考える事で、社内の人間関係を理解し納得するしか無かった。
翌日、純一は森山に電話し、「今夜、暇だったら飲もう」と、夜の付き合いを誘ったが、夜は業界の講演会があるらしく、純一の誘いを断ってきた。

しかたなく、近くの住宅街の片隅にあるスナック「サンサン」で、正子ママを相手に飲む事にした。

「サンサン」は、満員でも十人程度のお店で、お客の大半は、近くにある工業団地で働く工員さん達だった。ママが聞き上手なためか、お客は男と女、職場の人間関係のトラブルや悩みを打ち明け、ママに聞いてもらう事で、悩みを解消している風だった。中にはのろけ話を、あたかも悩みの様に、ママに打ち明ける者も居る様だったが、笑顔で耳を傾けていた。商売上手なのだろう、本音で聞いていたのではやり切れなくなるだろうから、ほとんどを笑顔で聞く振りをして、聞き流しているのだと思った。

純一がママに、「来月福岡に転勤するんダ」と言うと、ママは、「アラ、大変ネ。左遷なノ」と聞いた。「イイや、希望して」と言うと、「何も希望してまで、福岡に行く必要は無いんじゃない」と言う。

不思議にこの日は、純一以外に客は全く無く、二人でゆっくりと、思い出話を語り合い、ボトル一本を空けてしまった。最近飲み屋に行くと、お客は純一が一人となる事が多い事に、偶然を感じていた純一であった。

「神村さん、あなたと私の仲について、この界隈で噂になっているの知ってる」

「何で噂になってるのか、二人の間には何も無いのに」

「そうなノ。二人が勝手なこと言い合ってるから、もしかすると何か有ると疑っているのだと思うノ」

そんなたわいない話をし合っていたら、時計は既に十二時を回っていた。純一は、「済まない。じゃあ当分会えないが、時々は電話するから」と言って、店を出た。

純一が出社しなくなって五日ばかりが過ぎた日の午後、春美から電話が有った。

「あのネ、ここ数日会社大変なノ」

「何が有ったんダ」

「二件有って、二件ともあなたに関係しているノ。一つは、企画一課が受注して作成した企画書の中味が、発注者の希望と違っていたとかで、大揉めになったノ。企画書は役場から突き返されて、全部書き直すとか。その時ネ、専務が、「神村は知っていたのか」と聞いたら、一課長が、「部長の指示に従って」と返事、そしたら一課の高山君が、「部長はこの件は知らないハズです」と反論したノ」

「本当にその話、俺は全く知らない」

「そうヨ、あなたに企画内容を説明したら、次々と宿題出して、詰めた議論するでしょう。だから部内には、「部長にはできるだけ教えるナ」という雰囲気があって、本当に「知らぬは亭主だけ」という話は多いわヨ」

　課員の高山の反論で、純一の面子は守られた様だが、部内の信頼関係や秩序は手の付けられない状態になっているという。純一は本音、「ざまあ見ろ、俺の知った事か」と思った。

「もう一件はネ、あなたの後任人事、社長、専務、常務等に、次長、課長クラスが次々と自分の売り込みをしたらしくて、結局後任人事は役員会でも意見が分かれて、当分の間空席と決まったらしいノ。あなたって、いつも知らない振りをしているけど、人騒がせな存在の人なのよネ。社内は当分神村純一を巡る噂で、毎日退屈しないと思うワ」

「お前達は、他人事で、面白半分に噂していれば良いから、幸せダ。ところで男達の色分けはどうなんだ」

「神村純一とあろうものが、あんな連中の事を気にするなんて、珍しいわネ。詳しい事は九日の日会って話すワ」

　明日福岡へ転勤のため旅立つ純一は、まるで小学生の遠足の前夜の様に、はしゃぎ上機嫌だった。陽子は、「あなたは幾つになっても、子供のようネ。正直は良いのだけど、過ぎるから、いつも精神的に苦労するのヨ」と言う。純一は、何を言われても、不機嫌になる事は無かった。

　純一はここ二ヶ月余りの間に、日頃疎遠になりがちな身近な人達と会い、いろいろと話し合い、義理を果した事ができたと安堵していた。これも純一が転勤を希望し、人生に一つの節目を付ける事を決断したからだと、思いたかった。

出発

翌朝、家族四人が揃って朝食をとり、純一は子供二人に、「お母さんの言う事を、よく聞く様に」と、在り来たりの注文をし、陽子には、「子供をよろしく。何かあれば直ぐ電話をしてもらいたい」と、夫としての威厳を示すように言った。陽子は日頃の純一の話ぶりとは違うことに、少しおかしさを覚え、「ハイ、ハイ、分りました」と、子供が無理難題の要求をした時に、母親が子供に言い聞かせるような返事をした。

純一が背広に腕を通したのは、久し振りだった。純一は少し早めに家を出て、ブックセンターに立ち寄り、四、五冊本を買いたかった。準備ができて、玄関へ向かおうとすると、陽子は、「少し早いのじゃない。当分家には居ないんだから、ゆっくりお出になられては。お茶かコーヒー入れましょうか」と言う。「そうだな、じゃあコーヒー貰うか」と言い、ブックセンターでの時間が少なくなる事も、止むを得ないと思った。

コーヒーを飲み終え、玄関へ向うと、陽子が、「お体だけは気を付けて。お酒は程々に」と言う。純一は、「分った」と言いながら玄関を出た。陽子は玄関の外まで出て見送ったが、結婚以来初めての事だった。

ブックセンターに立ち寄り、三冊の経済に関する新刊と、二冊の週刊誌を買い、春美が待っているハズの場所へ向かった。春美は既に待っていたが、不思議な事に、彼女はスーツケースを持っていた。

「待った」

「イイエ。ハイ、切符」

「一時間以上あるな。レストランにでも入って、軽い食事でもとるか」

「そうネ」

二人はレストランに入り、純一はビールの大ジョッキとチーズ、春美はサンドウィッチとコーヒーを注文した。純一は新幹線の中で熟睡したかったため、ビールの後に、日本酒を追加注文した。

「それはそうと、君が何故スーツケース持ってるの」

「アレ、言ってなかったかしら。私、先週一杯で会社辞めて、博多の実家に帰る事にしたノ。一人で新幹線に七時間も乗ってたんじゃ退屈するから、あなたと一緒に帰る事に決めたノ。一緒して良ろしいでしョ」

「一緒に新幹線で博多まで行くのは大歓迎だが、どうして急に会社辞める事にしたノ。何かあったのか」

「いつもあなたが言ってた様に、社内はゴタゴタ続き、男性社員は無責任で小心、その上自分の仕事を女子職員に押し付けて知らん振り、そんな事を毎日続けられたら、精神的に参ってしまうワ。だから辞める事にしたノ」

純一は女性は現実を見据える力は優れているとは知っていたが、速断、速決で自分の人生の道を決めるという女性の勇気、大胆さに対して尊敬の念を持った。日本社会は意気地が無く、弱弱しい性格の男を、「女々しい」と叱責し、恥としてきたが、本当に「女女しい」男が増え、恥を感じる者は皆無に近くなっていた。平成商事は「女女しい」男性社員が、危機的状況を肥大化させつつあると思えた。

春美は先日純一の家に電話してきた、二件の社内のトラブルについて話をし始めたが、純一にとって、もはや全く関心の無いでき事であった。しかし、春美が懸命に語ろうとしているのに、耳を貸さないのも失礼だと思い、「列車の中で話をして」と言い、純一はビールを一気に飲み、日本酒を春美に勧めた。列車の中では熟睡したかった。

二人はホロ酔い気分で、新幹線のプラットホームに立ち、新婚旅行か、夫婦二人で里帰りする時の様な気分に浸っていた。キヨスクでウイスキーのミニボトル四本とカップ入りの日本酒を四本、それに新聞を三紙を買った。代金は春美が支払い、既に春美は妻を演じていた。「お弁当はどうします」と言うので、「さっき食べたので、博多に着いて食事しよう」と言うと、「そうネ」と言う。

指定席に座り、二人は日本酒のカップを開け、純一は新聞を、春美は純一が買った週刊誌を手にしていた。

春美は、

「最近の男性が見る週刊誌のグラビアすごいのね。こんな写真を見て、喜んでいる気持ちは、女にはとても理解できない。生身の女がこんなに沢山居るのに」

「そうだナ。けれど日本は昔から浮世絵の文化もある。平成元禄とでも言うのかナ」

たわいのない話をしながら、ウイスキー、日本酒のボトル、カップの全てが空になったのは、名古屋を過ぎた頃だったから、二人の酒を飲むピッチは、相当に早かったに違いない。春美が寝息を立てているのを聞いた純一にも、睡魔が襲った。

おそらく二人は二時間余り、白河夜船の世界にいたのだろう。新幹線の列車は広島を通過していた。

春美が先に目を覚まし、「ネエ、ビュッフェで飲もう」と、純一をおこした。二人は徹底して酔いたかった。おそらく二人には、本社への断ち切りがたい未練が有ったに違いなく、これからの福岡での仕事や暮しへの不安を、アルコールで解消しようとしていたのだろう。二人は席を立ち、ビュッフェに向かった。

ビュッフェで二人は、ウイスキーのミニボトルを四本もオーダーした。

「オイ、実家に帰って何をするんダ。田舎街に帰っても、退屈するだけだゾ。田舎の商家か農家の花嫁さんでもなる修業するのか。それがお前の幸せか、オイ」

純一は、悪酔いしていたのか、春美に悪態をついた。

春美は、

「そうヨ、神村純一以下の下らない男達に五年も付き合わせれてきた、その損失は数億円、返してヨ」

春美も純一に、悪態をついた。

新下関駅を過ぎ、関門トンネルに入ると、春美は、

「今夜どうするの。外食するより、私の家で食事しない。人の好い両親なの、一緒に食事してくれると、きっと喜ぶ」

「そうだナ、おじゃまするか」

「それと、今夜はどこのホテルに泊るの。私の家は博多駅から地下鉄で二つ目だけど、周りにはビジネスホテルは多いのヨ。でも余りお気に入りのホテルは少ない気がする。無理にホテルに泊って、お金払うより、私の家に泊ったらロハヨ」

「それはありがたいが、ご両親が誤解するんじゃないか」

「人の好い両親と言ったでしょ。誤解したり、人を疑うって事の全く無い二人なノ。良いでしョ。私の室の隣りの室が空いているから、そこに泊れば良い。しかしだ、室の間には襖しかない、私は用心して寝るつもりだから、あなたも変な気持を持たない事」

「何を言ってる。酔ったのか。俺は紳士だゾ」

二人がアルコールを口にし、たわいのない話をしていると、間もなく博多駅に着いた。純一に

とって福岡の街は初めての土地で、二十数年前、田舎から大学受験のため上野駅に降り、一歩を踏み締めた時の事を思い出した。「ここが俺の新天地か」という感慨と、「本当に大丈夫か」という不安がよぎったが、春美という博多生まれの秘書に近い存在が横に居る事で、不安は解消されるだろうと思っていた。

地下鉄に乗り、「川端」という駅で降り、二百メートル程歩き、金物屋をしている店に入った。そこが春美の実家で、両親は夕食もとらず、春美の帰りを待っていた。

春美が、「ただいまア」と言うと、母親は「お帰り、待っていたのヨ」と、本気で春美の帰省を歓迎している風だった。

春美は純一を両親に、「この人、この前まで上司をしていた神村純一さん、福岡の支店に転勤する事になったので、私が案内して来たノ。今夜はここに泊るって言うんで、連れて来たノ」と、両親に純一を紹介した。新幹線の中では、春美が「私の家に泊ったら」と純一を誘ったが、両親には純一が「泊りたい」と純一が押しかけた風に言ったのは、いかにも春美らしい表現と、純一は思った。

純一と春美は新幹線のビュッフェで、鱈腹食べ飲んでいたので、夕食の箸は余り進まなかった。母親が、「焼酎で良かですか」と聞くと、純一は九州に着いた事を実感した。

「ハイ、焼酎いただきます」

「六・四で良かですか、五・五にしまっしょうか」

「ハッ。何が」

純一は、「六・四」、「五・五」の意味が理解できなかった。春美が助けに入って、

「六・四は、焼酎が六で、お湯が四、五・五は半々という事。焼酎は度数が強いんで、お湯で割って飲むノ」

純一は、アルコールをお湯で割るという風習が理解できなかった。異星の飲み屋で、酒を注文している気分になった。

純一は朝から続いている飲酒と、新しい土地に着き、未知の生活に接し、相当疲れていた。逆に、春美は実家に着いた安堵感からか、焼酎のお湯割りを次々と母親に注文していた。柱時計が十時を知らせると、父親はシャッターを閉めに、店先に向かった。

春美は離れの二階に、床を敷きに行ったらしい。離れの一階は倉庫になっていて、二階は春美の室以外に、三つの室があって、仏間と客間が二室あった。

春美は純一を二階の客間に案内し、仏間に行き、手を合わせていた。春美の家は、江戸時代から金物を扱っている老舗だというが、最近は全国のどこの商店街と同様、経営が厳しいらしく、両親は金物以外に知識は無く、店を閉めるにも閉められない状態にあるらしかった。

「君が店を継ぐのか」

「私は、ブランド品のお店か、博多ラーメンのお店に改装したいと父に言ってるんだけど、自

信が無いのか、お金が無いのか、「ウン」と言わないノ」

一人娘の春美にとって、婿をとり家業を継ぐ事が、最大の親孝行だった。でなければ、春美が最も愛した男の子供を、跡取りとする事も親孝行となり、他家に嫁入りする事は、最大の親不孝だった。

春美は純一が寝る室との間の襖を開けたまま、床に入った。純一は、春美が人一倍さみしがり屋な性格を知っていたし、春美は純一が紳士というより大人と感じていたから、お互い安心し、眠りに入った。

着任

翌朝、純一は春美の声で目が覚め、朝食をとり、春美の運転する車で支店へ向った。支店は、春美の家から車で五分もかからない、西日本最大の繁華街である天神のビルの六階にあった。春美は、「夕方六時に迎えに来るので、ここで待ってて。その後、家で夕食して、社宅に行って、荷物を片付けて、そして中洲の私の友達の由美のお店で飲むのヨ。じゃあネ」

春美が運転する車は、おそらく父親が商売に使っているだろうライトバンだった。春美を見送った純一は、エレベーターで六階の支店に向かった。

支店とは名ばかり、支店長、純一という新任の次長を含め九名の小所帯であった。ドアを押し、支店の中に入ると、既に三人の女子社員が出社していた。

「あのう、私、次長で着任した神村ですが、支店長居られますか」

「アア、お待ちしてました。支店長は今日遅れて来る予定です」

女子職員は、純一を次長室に案内した。想像以上に立派な机と椅子が据えられている個室で、わずか七人しかいない部下を使う者の室にしては、事大主義的な感じがした。

女子職員は、うやうやしく、「失礼します」と言って室に入り、「お茶をどうゾ」と紙コップに入ったお茶を差し出した。

「君達、用が終ったら、いろいろ聞きたいんで、集まって欲しい」

「ハイ」

直ぐに三人の女子社員は、純一の室に集まった。

「勤務時間は、何時から何時までなノ」

「九時から、夕方五時までです」

「職員全員の名簿あります」

「ハイ」

純一に渡された名簿を見て、純一は驚いた。支店長とは名ばかりで、県幹部からの天下りの、広告代理業に関してはズブの素人だった。次長のポストは、元々地元採用者が登り詰める最高のポストだったが、支店長が県からの天下りポストになってからは、空席になっているという。純一の部下の職員は、総務、経理、庶務を担当する女子職員三名と、営業課長と営業担当の三名の男性職員が、オールスタッフだった。

純一は、これまで、わずか八名で、支社が本当に組織としての機能を果してきたとは到底思えなかった。

女子職員に、「三人の営業課のスタッフで、九州、山口、沖縄を担当していて、本当に大変だネ」と言うと、女子職員の中で最古参らしい女性が、「福岡の支店には、元々十五人居たんです。当時は企画の仕事もこなしていて、本社に関係無く、独自の業務も有ったんです」と言う。

十五人いたスタッフが、現在七名となっている原因を聞くと、県からの天下り人事で、役人の感覚で指示命令する支店長になじめず、しかも第二の人生を送っているという思いから、全く無気力で、安全第一の人生を送ろうとする支店長に反発し、次々と社員が辞めていったのだという。

「辞めた社員の補充は、どうしてたノ」

「歴代の支店長は、本社が経費節減を言ってきてるし、自分勝手に辞めていくから、リストラしなくて済むんで、本社には都合が良いと言って、全く補充してきてないんです。業務量は横ばいなのに、社員は半減、だから確かに業務量は倍増してます」

「営業担当の四人に不満は無いのかな」

「課長は、別に仕事を捜しているらしいし、担当の三人は、六月頃辞めて、「田舎に帰る」と言ってます。その時、私達が営業するんですか。もし、そうだったら、私達も辞めます。だって、営業の経験全く無いんですから」

純一は、本社で組織の秩序が壊れていくプロセスを目の当りにした思いをしていたが、末端の組織の方が、人数が少ないだけに敏感に反応している気がした。平成商事の将来の姿ではないかと、不安となった。

女子職員三人と話し合った事で、支社内の深刻な課題が浮き彫りにできたと、確信した。確か、九時出勤と決まっているのに、社員全員が出社してきたのは、九時半を過ぎていた。

支店長は、「緊急支店会議」を指示し、純一を含めた九名全員が、会議室に集合した。

支店長は純一の経歴を紋切り型に紹介し、純一に着任の挨拶をする様に促した。純一は、既に女子職員との対話で、全て自分の気持を伝えた気分になっていたし、間もなく辞めていくであろう男四人に、何も語りたくなかったが、義務として何か一言、建て前を言う必要があった。

「この度、福岡支店次長を拝命致しました神村純一でございます。よろしくお願い申し上げます。福岡支店は、全社的にも少数精鋭で、社員一人当たりの利益額、効率はトップの業績を上げておると聞いております。真に支店長のご指導の賜物と思っておりますし、本社が私を福岡への転勤を命じたのも、役員の方々が福岡支店に学べという事との強い思いがあったからだろうと思います。不馴れな土地でございますので、よろしくお願い申し上げます」

純一は、次々と建て前の奇麗事を言わなければならない自分が、実に情けないと思った。奇麗事は、しょせん嘘に過ぎなかったからである。儀礼的で形式的な自分の言葉自体を信じられなかったが、支店長の義務的な挨拶に迎合するしかなかった事は、自分は本気で福岡支店で懸命に働くために希望して転勤して来たのではなく、本社の厳しい人間関係という現実から逃避しただけではないかという、自己嫌悪があったからであった。

おそらく支店長と顔を合わせるのは、週一回の「支店会議」の席上だけだろう、本音でそうあって欲しかった。

午後になると、職員一人ひとりから業務説明が有るという。着任早々だが、純一は完全に白け、業務説明など簡潔にして欲しいと思ったが、一人の持ち時間は三十分という予定表が渡された。

最初は総務担当の女子職員だった。主な業務は、支店長以下のスケジュール管理と、本社との連絡調整であった。社員一人ひとりのスケジュール、行動予定を管理する必要等全く無駄な業務としか思えなかったが、彼女は、支店長の行動の全てを管理している事が、誇りであり、自分の存在無しで、支店は機能しないといった強気の発言をした。

次に、純一の室に入って来たのは、経理担当の女子職員だった。彼女は支店の経理を確実に処理している事は、彼女の熱心な説明振りからも分った。最大の案件は、本社からの指示による、支店毎の独立採算意識の徹底だという。その点、福岡支店は次々と辞職していった社員を不補充でやってきたため、人件費が相当圧縮され、その上契約高は横ばいを続けているので、支店としては黒字という事であった。

担当の女子職員は、勤務十年のベテランで、純一に、「この十年は、契約先も契約高もほとんど変りないんです。何故か分りますか」と言う。純一は、「社員が減っても、営業がその分努力しているからだろう」と言うと、「イイエ、違うんです」

経理担当の女子職員によると、九州ではなお地縁血縁的な結び付きが強く、他社との縄張りは昔から決まっていて、他社と取引きしている企業へ営業をかけて、新規に取引き先を開拓する事は、先ず無理だという。逆に、現在取引きしている企業が、平成商事との取引きを中止して、他社に変る事もほとんど無いため、安定的に商売ができるから、社員は余り努力をしなくて済むのだという。

庶務担当の女子職員は、出勤簿、旅費、本社との連絡等について簡単に説明した後、支店内の内情について、純一に語った。相当不満を持っている様だった。

支店内は、三つの派閥があって、その壁は鉄板をコンクリートで固めたように堅牢だと、表現した。全く横の関係は無く、それぞれ個人が好き勝手な行動をしているという。

一つは支店長で、第二の人生を、安全、無事に過ごすことしか念頭に無く、社員とは業務上の関係は絶対持とうとはせず、毎週月曜日の午前中に開く「支店会議」の司会が、唯一の仕事だという。本社や取引き先からの来客も、全く知らぬ振りで、営業で男性社員が不在の時は、全て女子職員が対応しているらしかった。

三人の男子社員は、週の大半を営業のために外勤し、支店長や女子職員と接しようという気持は、全く持ち合わせていないという。彼女達の最大の不満は、営業の仕事は、古くからの取引き先が多く、そんなに頻繁に回らなくても済み、電話連絡で充分だという。何故彼らが頻繁に顧客回りするかというと、宿泊費、日当、旅費を稼ぐためだという。彼らは毎日が一人旅を楽しんでいるのと同じで、その上夜は接待の名目で、地方都市の繁華街で遊び回ってるらしかった。課長は毎日机に向かっているが、何をしているのか、全く分らないし、来客があっても、「担当が居ないんで」と逃げ、対応しようとは全くしないという。

純一は少々うんざり気味で、営業課長や三人の営業職員からは、営業内容を聞いてもしかた無いと思い、営業の担当地域だけを聞く事にした。三人の内一人は、九州・山口・沖縄の自治体、後の二人は北部九州と南部九州に分れて、民間の企業の営業に回っているという。そして、四ヶ月に一回担当を交替して、回っているという説明があった。極めて自己都合の申し合わせとしか思えなかった。

庶務担当の女子職員から、本社から送られて来た辞令が渡され、「宅急便で送られて来た荷物は、社宅になっているマンションの室に入れていますから」と伝えられ、鍵とマンションの地図が渡された。純一が住む事になるマンションは、会社から歩いて五分の便利な場所にあった。一時間余り早く退社しマンションに帰り、ダンボールに入れられた荷物の整理をする事にした。

夕方六時に待ち合わせていた春美の車に乗り、春美の自宅に向かった。春美の母親は温かく迎え、「夕食一緒に良かですか」と聞く。「エエ、おじゃまします」と、茶の間に上がった。父親は既に焼酎のお湯割りの準備をしており、純一が「お店は大丈夫ですか」と聞くと、「アア、春美が店番してくれるちゅうんで、大丈夫ですたイ。神村さんどうゾ、どうゾ」と、夕食を勧める。純一は安心して父親の勧める焼酎のお湯割りを口にした。

純一は、実に不思議な思いをしていた。かつての会社の同僚だったに過ぎない春美の実家に、何の遠慮もなく上がり込み、数日前まで一面識も無かった春美の両親と話し合い、酒を酌み交わしている、自分の姿だった。

博多の街は解放的と聞いていたが、春美の両親の様な、お人好しな性格、人懐っこさを開放的と言うのだろうと思った。純一自身も、余り遠慮する事を知らない性格故だろう、春美の両親とは古くから近所付き合いの仲の様に錯覚していた。全く知人の無かった博多で、既に春美と両親の三人が、純一を精神的に支えてくれていた。

甘え

春美の父親は、焼酎のお酒割りを飲むスピードをアップさせた。何かブツブツと文句を言っている様だが、小声なので純一には何を言っているのか理解できなかった。

母親が「あなた、また一人事の文句を言ってるノ。そんな事繰り返してると、ボケが早まるヨ。はっきり言った方が良い」と言うと、「そうか」と勇気を持って何かを吐露する気になったらしい。

この地域の商店街一帯の再開発計画が持ち上って十年余りになるが、議論百出で何も決まらないままだという。その間に、中央資本や地方大手の大型商業施設がオープンし、かっての地縁血縁で結ばれていたお客が大型店へ流れてしまい、商店街の経営は厳しくなり、シャッターを閉めた店も数軒有るという。

ここ数ヶ月、商店街組合の再開発のための会議が、毎夜の様に開かれているが、相変らず議論百出で、結論先送りの無駄な時間の浪費が続いているらしかった。

ここ数ヶ月前から商店街組合の中では、苛立ちが目立つ様になり、世話役の春美の父親への八つ当たりが激化し、父親が焼酎のお湯割りを飲む量が急増していると母親が言う。

誠実な人柄の父親は、問題の打開のため、行政機関、商工団体、コンサルタント会社等へ日参し、再開発の糸口を捜そうと努めたが、大体同じ様な対応しか得られなかったという。

「商店街組合で再開発したいという声が有るんですけど、何か良い方法、融資、政策なかでしょうか。私しゃ商売人で、全くの素人ですけン、何か良か知恵あったら教えてくれんですか」

「私も全国の商店街の再開発計画を書くため、多くの地方郡市を訪ねましたが、大体同じで、順調に進んだっていう話は少ないですネ。アドバイスしても、商店の人達の決断力が無ければ、どうにもなりませんヨ」

純一もできる事なら手伝っても良いと思ったが、何と言っても商店主達の決断力が不可欠だった。

春美の父がある日、役所に相談に出向いた時の話である。

例の調子で、「何かお知恵あったらお教えて下さらんですか」と頼み込むと、相手の役人は、「具体性も何も無い話をされても、こっちが困るだけでしょう。コンサルとか提携先の人を連れて来て、再開発計画が本当か嘘かはっきりさせて、それから話しましょう。でなけりゃ、時間の無駄じゃなかですか」と、つれない返事であったという。

「私は素人ですたイ。素人の私に向って、本当か嘘かと言うのは失礼な話ですたイ。

再開発がもし全く進まんだったらここの商店街は、誰も居らん事になる。どうするんですかなア。

私がなんでおこられんといかんんか、分らん。何か融資とか制度が無かですかと聞いとるだけですたイ。具体的な話になったら、そらそん時、またお話しますたイ。役人のあんたの態度は、初めから聞くのも面倒、「早よう帰れ」と言わんばかりですたい。あんた達はプロでござっしょうが。プロならプロらしく、素人に教えたらどうですナ」

話し合いは分裂、何のために訪問したのかというより、悪感情だけが残る始末となった。父親は、せめて悪感情だけは取り除いておきたいと思い、再び彼の元を訪れた。

「先日は、大変済まん事申し上げました。その後、組合で打ち合せてたら、お宅に何か商店街の再開発の支援策が有るとか聞きましたんで、お教え賜りとうて、参ったんですト。どんな制度か知りたくてですナ」

「先日も言ったでしょう。再開発、再開発ばっかし言ってても、具体性の無い話の人に話をしても無駄っちゅうテ。失礼千万ですよ。あんたは」

「何か失礼千万なこと言いました。結構です。もう何も聞きませんですたイ」

好々爺の父親もさすがキレたらしく、その夜、彼の上司へ告発文を書き、翌日投函したという。要旨は、『お宅様の部下である商業課長は、「何で俺のところへ来たのか。早く帰れ」という姿勢で、侮辱的な言動を取り続けられました。いくら商人とはいえ、侮辱される関係の無い人から侮辱されるというのは、実に不愉快なものです。時と場合によっては、訴訟、新聞への投書もと考えております。相当の覚悟でご忠告申し上げます』

父親としては、男としてのプライドを決して最後まで捨てない決心での、投書だった。本音の部分には、こんな事をしなければ、再開発の糸口も見つからないし、自分の不満を解消できないのかと思うと、自己嫌悪に陥り、結局はアルコールの量が増えるだけだったのである。

数日後、役所の担当者から、「先日は私共の上司が大変失礼なことを申し上げたらしくて、お詫びの電話を差し上げたのでございますが」と、電話が入った。父親は直ぐに電話を切り、「関係無い」の一言を言い電話を切ると、再び電話が鳴った。「あのウ、電話が切れて済みません」と、あくまで低姿勢だった。

「あのウ、私共の上司の件で内部で打合せた結果ですねエ、私共の方に非があったのは事実の様なんで、お話お聞きかせいただけませんか。部長も課長に対して、大変厳しい意見を言ってますんで」

「良いヨ、あなたの役所とは二度と付き合う気持ちは無いし、声を聞いてるだけでも不愉快になる。二度と電話をしないように」

おそらく自己保身のための身勝手な理屈を言い、いかにも組織全体が反省の意を表しているといった御托を並べ、それを言いに来るだけだと思うと、余計に怒りが込み上げてくるのであった。

翌日、二人の男が店に入って来て、「あのウ、ご主人様でしょうか」と聞く。「何か」と言うと、「私、こういう者でございます」と名刺を出した。例の、父親とトラブルをおこした役所の商業課長の部下であった。

「私は、関係無いと言ったでしョ。帰ってつかさイ」

「何とかお話をお聞き下さい」

商業課長の部下と思われる男は必死に、父親に迫ったが、父親は話し合いを拒否した。

純一は、春美の父親の話を聞きながら、これが九州男児の気概と思うと同時に、日本社会の中にある封建制の残滓とか、馴れ合い的な感覚、甘えれば何でも許されるという思い込みをしている人間の甘えを、実感した。

そして、本社に多い一旦机に着いたら梃でも動こうとせず、全ての業務を机上で済せてしまおうとする者達、支店の営業担当のように、毎日が出張で机に全く着こうとしない者達、春美の父親の質問を全く聞こうともしなかった役人、この三者にはある共通点がある気がした。

それは、自分勝手に決め込んだ自分なりの仕事のスタイルを固守し、上司や周囲の意見や命令を絶対に受け入れようとしない姿勢、自分の意見に対する助言、反論には徹底して反発し、死守しようとする態度、激高し易い性格等である。もしかすると、春美の父親に対して攻撃的な意見を言う、この商店街の商店主達や役所の人達も同じではないかと思われた。

社会全体が豊かになり、社会制度で一生を安心して送れる様になれば、自分の好みで仕事をし、好き勝手な性格で働き暮す人が増えるのは必然的な流れであろう。現状に甘んじていても、大多数の人は幸せを感じ、満足し切っているのではなかろうかと考えるしかなかった。けれど蜂でも、女王蜂を頂点にして、ピラミッド型の社会秩序を維持しているのに、人間社会でそうした秩序が壊れた時、一人ひとりの努力で会社や社会という秩序が本当に維持できるのだろうかと、純一は危惧した。

ある取り引き先の社長が、純一に語った話も同じ様な事であった。最近は自分勝手な連中が増えて、指示した仕事の結果を全く報告しなくなり、後日「どうなったか」と聞くと、「あれは既に済ませました」、「これからします」、「何の話ですか」と、自分のペースでしかモノを言わないのが、当り前になったという。社長は危機感を抱き、全社員を五名のグループに分け、社長室で業務遂行の議論をする事にした。五名の一人ひとりから、業務の進め方の現状を報告させ、社長が問題点を指摘し、翌週その改善案を社員に報告させるという方法で進めると、全社員に朝礼で通告した。その日、社内は激震に近い状況となったらしい。

翌朝から始まった社長室での議論の第一陣は、五人の課長だった。各課長は、おそらく部下が作成したであろう、業務成績等の数字の報告を延々と読み上げるだけだった。そこで各自が考えている営業方針、部下の指導方針を聞き出そうとしたが、全員が無言のままだったという。五人の課長がこの程度だから、部下の姿勢はもっとひどいだろうと語った。

それでも社長は根気強く、社員との議論の活発化に努め、一人ひとりに課題を課し、人間的な成長を促そうとした。

純一はこの社長の会社の社員も、平成商事の社員も、商店街の商店主達も、春美の父親と対立した役人も、全て似たような性格の様な気がした。小心だから他人に甘えて、責任を他人任せにしてしまう、結果として自己保身のための言動しか取れない人達なのであろう。どうして組織や社会の中にこんなタイプの人間が急増したのか、純一は益々人間不信になりそうだった。

春美が、「そろそろ中州に飲みに行こうヨ」と誘ったが、純一は父親の話を聞き、これ以上、アルコールを口にする気分になれず、「明日の夜にしよう」と断わった。

「今夜はそろそろマンションに帰ろう」と言うと春美は、「車で送るワ」と言う。純一は相当酩酊していた自分に気付き、「お願いします」と、形式的に頭を下げた。

混乱

マンションに着くと、春美は地下の駐車場へと向った。純一は既に寝息を立てていた。

「あなた、着いたわヨ」

「オウ、ありがとう」

春美は甲斐甲斐しく純一の左腕を支え、純一の室のある六階まで送ってきた。「あなた、しっかりしなさい。キーは」。純一は、背広の右ポケットに入れてあった鍵を、春美に渡した。

マンションの室に入ると、直ぐに、純一はそのまま横になり、既に寝息を立てて、寝込んでしまっていた。春美は押入れから布団を出し敷き、風呂場に行き、シャワーを浴びた。身奇麗にした春美は、布団の中に身を横たえた。しかし、春美はなかなか寝付けず、何の理由も無く冷蔵庫の中に入れてあった、ウイスキーをストレートで口にしていた。純一は熟睡していた。

朝、目が覚めると、春美は簡単な朝食を作り、純一の目の覚めるのを待っていた。「あんた、いい加減にせんネ。毎晩毎晩飲んだくれチ。つまらんばい」。既に春美は、博多の女性に変身していたというより、生まれ育った土地の女性になり切っていた。

朝食をとりながらの二人の間には、会話は全く無かった。純一は、会社に行く用意をして、マンションを出た。舗道を歩きながら、「これが今から俺が当分の間歩く道か」という思いと、昨夜、春美の父親から聞かされた話から、ある決断を下したいという思いが、錯綜していた。

支店に着くと、庶務担当の女子職員が、「お打ち合せ、良いですか」と聞く。昨日の業務説明を聞き、全く自信を失ない、何をして良いのか分らない思いと、ある決断を下したいという思いがあった。

庶務担当の女子職員が純一の室に入り、「二件お伝えします」と言う。「一件は、これから十日余り、九州・山口・沖縄の取り引き先への挨拶廻りをお願いしますが、ここに時刻表が有りますので、スケジュール表を作って下さい。その通りに切符と宿の手配をしますので、今週中にスケジュール表の作成お願いします」と言う。純一は彼女の明快な指示に、九州の女性の心の芯の強さを感じた。

「もう一件は、次長が着任する前に、五件程電話が入ってます。後日で結構ですから、電話して下さい」と、メモ用紙が渡された。

「ア、そうか、忘れてた。次長の歓迎会、いつします。社費での歓迎会はできないので、有志でするんです。日程決ったら、教えて下さい。私達女は、明日の晩か、来週の月曜日が都合が良いと、皆んな言ってるんです」

純一は一つ一つ問題解決をする必要が有ると思い、先ず支店社員の歓迎会の日程を明日と決めた。取り引き先への挨拶回りのスケジュール表を作成するのは、極めて単調な作業だった。最も不可解なのは、全く知人のない九州で、五件も電話が入っている事であった。

夜、春美との約束である、春美の友人が開いている中州の店へ向かった。春美はまるで自分のお店であるかの様な態度で、カウンターの内側の椅子に座り、純一の来店を待っていた。純一がお店に入るなり春美は、「アラ、純ちゃんお元気」と、お店のママ気取りで純一を迎えた。純一は、春美の全く知らなかった一面を見た思いだった。

この夜も不思議に純一以外に全く客は無く、ママと春美、そして純一の三人で、ボトル一本を空けた。ママは二人の関係に気遣いし、春美に鍵を預け、帰宅した。その後、春美はカウンターの椅子を並べ、横になって、寝息を立てていた。純一は、腹が立った。ここまで春美が自堕洛になっていると、決して思いたくなかったからであった。純一は春美を、本気で叩き起こした。サドとマゾの関係とは、もしかしたら、こんな関係かと思うほどの激しさだった。

純一は春美を置いて店を出たが、マンションの鍵を春美が持ち、自分が持ち合せて居ない事に気付き、店の中へ戻った。おそらく春美は、マンションの鍵を自分しか持ってない事を熟知した上での、演出をしていたのだろうと、純一は思った。

二人はタクシーを拾い、マンションへ戻った。時計は既に三時を回っていた。背広を脱いだ純一は、布団の上に横になった。春美は座布団を枕にして、直ぐに寝息を立てていた。二人が目を覚したのは、朝八時過ぎで、春美は「ごめんなさい。直ぐに朝食作るから」と言う。陽子と結婚して以来、陽子の作った朝食をほとんど口にした事の無い純一だったが、春美の懸命な言いぐさに、「いいヨ。朝食はいらない」とは言えなかった。

会社に出勤する前、純一はシャワーを浴びたが、その時、春美に果して「鍵を戻せヨ」と言えるか考えたが、純一にはその勇気は無かった。二人の関係は、全て春美の意思で決まる運命にあった。

春美が朝食をテーブルに出した時、既に九時を過ぎていた。純一は会社に電話し、「一時間余り遅れる」事を伝えた。その時、庶務担当の女子職員から、「あのウ、大変な事がおきてる様なんです。支店長が警察に呼ばれたらしく、出社してないんで、次長できるだけ早く出社して下さい」と言う。純一は冷静だった。「アッ、そう。遅れた分は年休を出してて」とだけ伝えた。

春美は朝食をとりながら、「私、ここに荷物持って来て良い。仕事は父のお店を手伝うか、どこか働くところを捜して、決してあなたに迷惑かけないから」と言う。純一は、「勝手にしろ。ただし、お父さんの仕事を手伝う事が条件だ」と、厳しい命令的な口調で言った。春美は、「分った。私、あなたが福岡にいる間、あなたの福岡妻になってあげる」と言う。純一は、「そんな事より死ぬ時まで俺と付き合えヨ。俺、春美とそんな不道徳な関係で居たくない」と、世間では決して通用しない理屈を語り合い、自分を納得させようとしていた。春美は、「あなたは東京に必ず帰る時が来ると思うノ。その時どうすれば良いノ」。純一は、春美が好きな道を撰択すれば良いと決断していた。「お父さんのお店を継ぐか、また東京で働き口を捜せば良い」と言うと、「本当に良いノ」と言う。

そんな春美の身勝手な理屈を聞いていて、純一は「勝手にしろ」という思いと、もしかすると自分が死んだ時の喪主は春美ではないかという思いが錯綜した。まさか、陽子と春美の二人が並んで、喪主の役目を果す事を、社会的常識が許すとは思えなかったが、今の春美の結論は、社会的常識等、どうでもよい風だった。

純一が出社したのは、十時過ぎだった。支店長が警察に呼ばれたのは事実だったが、純一にとって、元々同僚ではなく、人生の途中から偶然出会っただけの人物のでき事等、全く関心は無かった。

支店内は大混乱に近かった。既にマスコミ数社から、取材の問い合せがあったらしく、庶務担当の女子職員はうろたえていた。営業課長は他人事を装っていたが、落ち着きはなかった。本社からの問い合せには、総務担当の女子職員が当っていた。

純一は先ず本社の専務に近況を報告する事にし、電話を入れた。専務の話では、本社も混乱に近い状態にあるらしく、平成商事が開業して以来初めての事件だけに、どう対処して良いのか分らないというのが、現実の様だった。専務は純一に、「全てを君に任せるから、事後報告だけはして欲しい」と伝えてきた。明らかに動揺しており、本社としては事件と全く関係は無いという姿勢でいたいらしく、全てを一任された純一は、着任して数日後に事件を処理する羽目になった事自体、大きな迷惑であり、支店長と永い付き合いのある営業課長に、問題処理の全てを押し付けたい気持だった。

マスコミに対しては、「現在、捜査の進行中であり、成り行きを見守って参りたい」との、極めてありふれたコメントで対応する様、部下に指示した。営業で出張している三人に対しては、「営業を中止して帰社する様指示して欲しい」と、総務担当の女子職員に指示した。

営業課長と三人の女子職員を集め、「どうこう言おうと、事の成り行きに委せるしか無い。通常業務を当り前にこなし、支店長に関する件は全て自分につなぐように」と指示し、全員を精神的に落ち着かせる事を優先した。

夕方になっても、支店長に対する取り調べの状況は、全く分らなかった。営業担当の三人も帰社し、不安そうに女子職員から状況を聞いていた。

全員を集め、「ここに居る者は関係の無い事件の様なので、絶対に動揺せず、明日は全員支店で業務をして欲しい」と指示し、帰宅する様に促した。営業担当が営業に回っても、おそらく興味本位の質問攻めにあうだけであり、会社のイメージダウンから、場合によっては取り引きを停止したいという申し出がおきる可能性があり、動かない事が最善の撰択と思われた。

支店に一人残った純一は、支店長の自宅に電話を入れた。何らかの情報を仕入れるためには、支店長宅に電話するしかなかった。奥さんが電話口に出た。「私は福岡支店次長の神村と申しますが、支店長おられますか」と聞くと、「大変ご心配かけております。未だ帰ってきておりません。帰宅しましたらご連絡申し上げたいと存じますが、どちらにご連絡すればよろしいでしょうか」と言う。奥さんの言葉には、事件として立件されず、今夜中に帰宅して欲しいという思いが込められていた。

おそらくこれ以上支店に残っていても、何の情報もとれないし、対応もとれないと退社することにした。ところが純一の机の上の電話のベルが鳴った。春美からの電話で、支店長が参考人として警察に呼ばれたのは、役人の現職時代、土木業者に担当課長を紹介する時、会食を要求し、その上斡旋料を強要したのではないかという疑いらしいと言う。純一が知る事のできなかった情報を、春美がどうして知っていたのか不思議だった。

純一は春美に、「どうして知っているのか」と聞くと、「街中噂になっている」と言う。福岡の街は大都会の顔はしていても、未だ昔ながらの狭い地域コミニュティが生きているのだと思った。

純一は春美に、「一時間程して帰る」と伝え、本社の専務へ、春美が教えてくれた情報を伝えた。専務は、「全て君に一任するから、いちいち連絡しなくて良い」と、つれない返事をした。要するに、支店長の事件には一切関わりたくない、「全て支店内で処理をせヨ」という命令に近いものであった。

純一が考えれば考える程、奇妙な発想だった。第一、着任して数日の純一が、問題処理する程情報も関係も無い話だし、支店長の監督責任は本社役員にあり、部下の純一には全く関係の無い事だった。

マンションに帰ると、春美が夕食を待っていた。ウイスキーを「ストレート」と、春美に注文した。春美も、「私も良いかしラ」と言い、口にした。

純一は、今日一日におきた事を、春美に全てを語った。「何で、俺が後始末しなければいけないんダ。俺は支店長の顔、二度しか見てないんだゾ。専務の野郎、責任の全部、俺に押し付けやがった。内の会社、いつの間にこんなに腐れたんダ。ナア、春美」

「あなたって、とことんお人好し。うちの父とよく似てる。要するに馬鹿正直、世渡り下手なのヨ」

「女はいつもそう簡単に割り切って、現実から逃げまくって、平気で居られる。男は逃げたら逃げたで、また重い荷物を負ってしまう。男が逃げられるのは唯一会社を辞める事だけだ。そうすると負け犬の烙印を押されるだけ、春美はいつも大人振っている、俺は不愉快だ」

純一は相当荒れていた。

春美はあくまで冷静で、「あなたには責任は全く無いのヨ。明日からは、知らぬ振りをして、本社の無責任役員共にも一切連絡しない事、支店長がどうなろうと気にしない事。分る、あなた」

純一は、春美のドライな考えによって、救われた気がした。次々とおきる社内外、友人等を取り巻く、不可解なでき事に、相当精神的に参っていただけに、春美の助言がもし無かったら、純一は会社を辞めていただろうと思った。

春美がウイスキーを口にするピッチは早くなり、「私は、神村純一と出会わなかったらこんな人生送ってないわヨ。惚れた女の弱味なのヨ。演歌の世界ってイヤよネ」

荒れていた純一に、今度は春美が挑戦的な言葉を投げかけてきた。二人にとって、支店長の事件の行く末は、もうどうでも良い事だった。

翌日出社すると、県警の家宅捜査があり、支店長室の机上やロッカーから、多くの物件が押収された。純一は、春美のアドバイス通り、あくまで他人事を装う事とした。営業課長以下七名の支店社員の不安と動揺は、想像以上だった。

おそらく捜査の成り行き次第では、退社する社員は続出するだろうと思われた。午後になり、支店長の逮捕がテレビで報道され、支店内の動揺は、純一の想像を絶する状況となった。

本社から純一に、「早く状況を報告しろ」という要求が相次いだが、純一は「未だよく分りませんので」と、真実の情報を伝える事はしなかった。真実の情報を速報として伝えたところで、何の対応もしようとしない役員の姿勢を、純一は見抜いていた。なまじ情報を与えると、大騒ぎするだけで、その後始末を純一に押し付けてくるのは、火を見るより明らかだったからである。

数日が過ぎ、支店長が釈放されたという情報が純一に伝えられたが、本社には伝えなかった。その後、支店長から『一身上の都合』により支店長を辞める旨の『退職届』が支店に届いた。純一は支店長の自宅に電話し、支店長の今後の身の振り方について聞いた。

「あのウ、支店長室の支店長の私有物どうされます」

「済まんけど、全部捨てて欲しい。私有物といえば印鑑程度だと思う。必要がある時は使って、いらなくなったら捨てて良い」と言って、電話を切った。

純一には大きな仕事が残った。支店長の処分と、後任人事だった。専務に電話を入れ、支店長の処分を会社としてどうするかを聞いた。相変らず「君に任せる」だった。後任人事は後にして、社の就業規則に基づく、支店長の処分を決める必要があった。

夜、純一は春美に相談した。

「支店長の処分、俺に一任されたんだ。どうすれば良い。俺、分らん」

「大馬鹿者、それは役員が決めるって、社内規則にあるでしょ。私、あなたと付き合って、もう疲れた。何度言って聞かせても、私の言ってる事、何も分ってない。父のお人好しに呆れて東京の大学に行ったんだけど、父のお人好しがこの世の最大の馬鹿者の姿と思ってたら、それ以上の大馬鹿者に出会えて、私、本当に幸せヨ」

春美は皮肉と愛情を並行して表現した言葉を、純一に投げ付けた。おそらく春美の感情は、夫婦以上のものであり、母親か姉、そんな思いを込めて、純一に放ったのであろう。


数日後、純一は専務に、支店長の後任人事についてどうなっているのかを聞いた。本社では福岡支店長の後任人事以上の問題がおきていた。福岡支店長が刑事事件で逮捕された事で、全国の支店、営業所で雇っていた公務員からの天下りの全員五人が辞表を提出したという。本社では、自治体とのパイプが完全に断たれ、企業としての将来性が失われるのではないかという、極めて現実性に満ちた議論で混乱しているらしかった。

平成商事が役人の天下りを引き受ける様になったのは、八十年代の後半からだった。市町村でもリゾートブームがおき、過疎地では地域づくり運動が活発となり、リゾート計画や地域振興計画の策定の依頼が、広告企画会社に持ち込まれた。広告企画会社では、都道府県や市町村と人的なパイプをつくる事が、企業として成長する秘訣と考えられた。役所と企業が結び付いて成長する事は、極めて日本的な慣行であり、民は官の豊富な情報を生かし、官は民の自由な発想で、地域振興計画を策定する事が、最善の策と考えられた。

ところが規制緩和によって官は情報が減少し、情報システムが構築され、民も情報を豊富に入手する事が可能となった。その上不況が長引き、自治体の税収が激減、官が民に地域振興計画を委託する件数も減少し、自治体とプランニング会社や広告企画会社等との密月時代は終えつつあった。

密月時代の終焉を象徴したのが、平成商事への自治体からの天下り職員の、退職であった。おそらくこれからは、自治体から後任の人材が送り込まれてくる事は無いだろうし、会社も余り期待していなかった。

決断

純一は専務に電話し、支店長の処分問題は「部下であるべき自分が決定すべき事項では無いし、権限は無い」と、拒否の意思表示をした。専務は、「君に一任したハズだ。無責任じゃないか」と、純一をなじった。

「その話はいくら私に言われても、全く私には関係のないことと考えております。それより、後任の支店長人事についてお考え下さい。私には支店長権限が有りませんので、支店の業務がマヒします。よろしくお願いしておきます」

「君、支店長の処分も決ってないのに、支店長の後任人事の話をするのは、君が支店長になりたいという、意思表示じゃないのか。そうだろう」

「関係有りません」

純一は、電話を切った。

ある雑誌で、企業倒産のルポ記事が載っていたのを読んだ事を思い出した。

某企業の倒産劇が、赤裸裸にルポされていた。「人間は確信すべき価値観、秩序を失うと、自己決定能力を喪失する。自己決定能力を喪失すれば、国家であろうと組織であろうと、必ず崩壊に向かう」というのが論旨で、自己決定能力を喪失した経営幹部の言動は、日々右往左往し、直面する課題の解決をより悪化させ、倒産に至ったというのである。

直面する課題とは、累積した債務を早急に処理する事であったが、累積債務問題を放置し、中堅幹部以上に新規事業分野の開拓を急ぐよう至上命令を出し、日々その打合せ会議が開かれたという。

約半年、新規事業開拓に関する経営陣の叱咤激励が続いた結果、新規事業の企画書は山積みとなった。しかし、一件も事業化されず、企画書は水泡と化した。第一、企画書の新規事業案を具体的に進める事のできる人材が皆無であったし、累積債務額が大きく、銀行からの新規融資の可能性もほとんど無かった。その上、新規事業を進めても、市場性のある事業かどうかも不明だったし、市場開拓のノウハウも全く無かった。

中堅幹部職員を中心に新規事業分野の企画書を作成したが、経営陣が自己決定能力を欠いていた事も、事業化が進まなかった大きな要因だった。

累積債務の解消を、新規事業を開拓する事で問題解決するという手段が間違っていたとは断定できないが、累積債務の解消という深刻な問題の解決を先送りするという、自己決定能力を喪失した結果、問題をより深刻化させてしまったのである。その上、新規事業分野が会社の未来を拓く全ての鍵だという幻想を生み、会社という組織が迷走しだし、結果として倒産という途を歩んだという記事だった。

純一は、この経済記事を読んだ後、平成商事も例外ではなく、間違いなく自己決断能力を喪失し、問題解決を先送りする事が常態化してきていると感じていた。平成商事もこの会社と同様、「社内企画」によって新規事業開拓を図ろうとした事があったが、純一などの猛烈な反発によって、「社内企画」の熱は冷め、本業で活路を捜そうとしだした事が、せめてもの救いだった。

純一は、会社という組織が、経済活動を行ない、利益を上げ、社会的に生き残っていくのは、会社がある特定分野の玄人だからであって、素人的な発想が事業として成り立つ確率は、〇・〇一%以下であると考えていた。玄人が発想して作った商品やサービスだからこそ、素人は安心して商品やサービスを買うのであるのが現実だと考えていた。

社内にあっても、役員という経営陣は、会社経営の玄人であっても、商品やサービス開発は素人であろう。だから、会社の将来を拓くため、商品やサービス開発の玄人である中堅幹部に、新規事業開拓や「社内企画」を強制したのであろう。けれど中堅幹部は新規事業開拓も「社内企画」にも全く自信は無く、意欲も示さなかった。中堅幹部は、経営陣が自己決定能力を失っている事を、皮膚感覚で感知していたからである。

純一がマンションに帰ると、春美が待っていて、

「夕食は」

「ウン、いらない。酒」

「毎晩、毎晩、酒飲んでて、大丈夫」

「お前ナ、親父も毎晩飲んでるだろ。男って、気弱な部分をだ、酒で補充してるっちゅうか、自分を偽って人生を送ってるんダ。春美もどきに分るか。馬鹿」

純一は本気で自分に向かい合える機会を与えてくれた会社に、感謝していた。今夜は徹底して飲む気になっていたし、何かを考えなければ、明日は自分の存在が無くなる様な気持ちになっていた。本音の部分は、春美に甘えていたかった純一であった。

支店内は、支店長の逮捕劇で、精神的に混乱していた。春美流にドライに割り切れば支店内の混乱の後始末をしなければならないのは、経営陣とされる役員連中であるが、専務や常務の様に、全く頼りにならないというより、完全な無責任主義者に相談した時の後始末の方が、純一にとっては厄介な仕事だと思えた。

支店の混乱を治め、横ばいの業績を右肩上りにするための方策を考えたかった。春美が純一に、

「何をイライラしてるの。あなたらしくない。そんな姿、初めて見た。まさか仕事の事考えている訳ではないでしョ。一度だって、会社の仕事の事や人間関係の事で悩んだ事の無い人なのに」

「イライラ初めてしてるんだ。お前に男の気持は分らんだろう」

「男の気持とか、気の利く事を言うあなたって、今日のあなた、本当に変ヨ。何が有るノ、言いんしゃい。私は何も助けてあげられんけど、聞いてはあげられるるばイ」

「黙っとけと言うのが九州男児だろう。会社に勤めて本当に初めて、会社の事を考えている。このままじゃ必ず倒産する気がしてきた。支店でどうのこうのという対策は打てんけど、支店を

動かせば、もしかしたら、経営陣のボンクラ共も少しは変るかも知れン」

「そこまで思い込んでいるあなた、本当は正気だと思うけど、あなたが思い込むと何をするか分らないという恐さ、いつも有るノ。あなた分ってるノ。皆があなたを敬遠しているのは、そこに有るのヨ」

純一にとって、現在の平成商事の現状は危機的状況以外、何ものでもなかった。倒産という現実を迎えた時、大半の社員はおそらく地獄に近い現実を見て、慟哭するに違いないと思っていた。だからといって、倒産という現実を回避しようという努力をしないのが、現下の平成商事の役員達だった。かって「豊かさゆえの貧困」と言われ、物質的に豊かになると、反比例的に心が貧しくなるという警鐘だったが、心が貧しくなると正比例して物質的にも貧しくなりつつあるのが、平成商事の現状だった。

純一はわずか八人であっても、支店内のあり方を提案し、現状を改善したいと考えていた。支店内のあり方を少しでも改善しようと提案すれば、大概は反対の声で終始するだろうし、場合によっては混乱が拡大し、支店の機能が完全にマヒする危険性も有ると考えられた。業務改善を提案する事は、純一にとっても支店にとっても大きな賭けであり、純一は場合によっては、退社を余儀無くされる事になるだろうと考えていた。

ある友人が社内の業務の合理化計画を組合に提案したところ、組合は全面的に反対した。組合の反対意見は、組合という組織の建て前の意見に過ぎなかったが、友人が強引に合理化計画を押し付けようとしたため、社員の大半が彼の個人的な資質である高慢さに反発した。友人の言動や私生活に至るまでの内部告発が多発し、デマが社内に流され、友人はノイローゼ状態となり、結局退社した。

事情を聞かされた時、純一は彼の合理化計画は会社にとって当然至極の内容なのに、何故合理化計画の提案が失敗したのかを考えた。一つは、彼が人事部長という地位を利用し、高慢な姿勢で、強引に力で押し付けようとした点に有ると思われた。もう一つの要因は、想像以上の社員の彼個人に対する反発に動揺し、提案の内容を再三再四変化させ、ある日は強引に強制するかと思えば、翌日は全てを撤回するといった事を繰り返した事にあったと思われた。

純一が頭で考えている業務改善計画も、支店にとって不可欠な、至極当然な計画と確信していたが、支店社員の反発がおきないよう周到な気配りが必要と考えていた。先ず計画を提案するに当っては、自由な発言による討論と、私的な意見を募り、それを純一が取りまとめ、全員の納得の上で実行する事とし、決定した事は着実に実行していく必要が有ると確信していた。決定した事項を、着実に実行していくためには、相当の精神力が必要だと思われた。おそらく表層的には賛同していても、深層では反発している者も居て、昔の慣れたスタイル、システムに戻そうとする力が働くと思われるからだった。

本社では、組織全体としてではなく、個々人の社員に業務の改善を指示し続けたが、全く改善されなかった。例えば、数十枚の資料を作成し、数ヶ所の訂正があると、全てをコピーし直し、関係者全員に配布していた。純一は、「数ヶ所の訂正は、各自がボールペンで訂正すれば良い。コピーし直す必要はない」と忠告し続けたが、誰もその癖を直そうとはしなかった。

また、文書の作成にあたって、「積極的に」、「精力的に」、「前向きに」といった精神主義的な用語はなるべく使わない様に注意を促したが、反発して余計に精神主義的な言葉を多用する者もいた。純一は、社内で作成される文書に、精神論的な表現が急増している事を危惧した。精神論的な表現が増えたのは、社員が社外に出て、直接人と会って情報交換する事が少なくなり、電話、ファックス、パソコンで済ませるようになったため、生きた情報が激減しているためと思われた。だから、時代の変化を直視する力が弱くなり、幻想的な精神論に陥り、組織全体としても機能性を低下させてきているためと思われた。

純一は約半年、個々人の部下に、根気強く業務改善や個人的な成長を促すために説得を続けたが、改善されるどころか、悪化しつつあると感じ、説得する事を止めた。

純一は福岡支店で改善策を進めるに当っても、反対、反発は覚悟していたが、わずか八人という小さな世帯であり、家族的な雰囲気も少しは残っているだけに、何とかなると考えていた。時として人間は、他人に不安や動揺を与え、快感を覚え、自己の不安を解消するが、純一にもそんな気持が多分に有った。

純一の決断は、

(1)本支店、支店間の人事異動

(2)出張旅費の半減
(3)新規事業分野の開拓
(4)福岡支店の九州営業所への組織改組
であった。

討議

純一が二十年余りのサラリーマン生活を振り返ってみると、同僚と討議し、話し合いながら仕事を進めたという経験は少なかった。高度経済成長、バブル景気で業務量は右肩上りに増え、最近の様に長長と議論してる暇はなかった。次々と新しい商品や業態が生れ、広告宣伝も創意工夫が求められ、話し合っていたのでは何も決まらない事が多く、独断専行して企画を決定するしなければならなかったからである。むろん、純一の性格として、長長と議論するのが苦手な事もあったろう。何も決まりもしない会議の時、純一は良く「水車のような会議は止めて欲しい」と、皮肉を言った。上司が「水車の様な会議とはどういう意味ダ」と聞くと、「一輪車でもペダルを踏めば前に進むが、水車は水で力で強く廻しても一歩も進まない。一ヶ所に止まって廻ってるだけ。そんな会議しても無駄じゃないですか」と、反発気味に言った。純一の合理的な精神構造からすると、議論をして何も決まらない様な会議は無駄という事になるが、上司は、「そんな会議でも参加するのがサラリーマンの義務だし、参加する事に意議が有る」と、純一を叱った。

純一の支店の業務改善案は、純一にとっては極く自然体だったが、おそらく周囲は許さないという態度を示すだろう。「許さない」というプレゼンテーションが、もしかすると純一には必要だったのかも知れなかった。純一は再び専務に電話を入れ、「支店長の後任はどうなっているか」

と聞いた。専務は、「支店長は当分空席になる可能性が大だ。君がしばらく支店長の代理役の気持で仕事をして欲しい」と言う。「何故当分空席になるんですか」と聞き返すと、「適当な人材が居ない事と、県からの天下りの話が必ずしも決着が着いてないから」という返事だった。

純一は専務に、支店の業務改善案について伺いを立てた。専務は、「案を送ってくれるだけで良い。全てを君に任せるから」と、いつもの通り、「全てを君に一任」だった。

翌週の月曜日の「支店会議」で、支店業務改革案を提案した。純一は、改革案をメモする事はしなかった。メモにすることは、既成事実を作る事になるからで、あくまで議論する事で、八人全員の合意形成を図ろうとした。

その一は、本支店、支店間の広域的な人事異動であった。平成商事では、本社採用者は時々支店へ転勤させられる事は有ったが、支店採用者は定年まで転勤する事は先ず無かったからだ。純一の思いは、転勤が無い事で、どうしても既成の発想や、慣行、前例に頼った業務になり勝ちな事が、今日の平成商事の危機的状況を招いているという思いが強かったからだ。

「実は、福岡支店採用の皆さんは、福岡支店から転勤した事が全く無いし、本社や他の支店に出張するという経験も全く無い様だ。男性も女性も差別なく、当面は希望者のみ転勤させ、将来的には全員が一度は転勤の経験をするというのはどうだろう」

純一の提案に、誰一人として意見を出さなかった。「どんな意見でも良い、一人ひとり言って欲しい」と要請すると、総務担当の女子職員が、「私達、会議で意見を言うという経験全く無いし、突然の提案で驚いてて、どうしたら良いか分らないんです」と言う。「男性諸君は、何か意見は」と言うと、ある職員が、「俺達、転勤は無いという条件があったんで入社したのに、急に転勤が有ると言われても困る。俺、もし転勤があると母親が知ったら、母は「そんな会社辞めな」と言うと思う」と言う。もう一人は、「ふざけた話しないでヨ。俺、「転勤しろ」と言われたらさア、その日辞める」と言う。

男子職員の二人の意見は、全く親離れしてない子供のような意見であり、ヤンキーぽい話ぶりに、純一は愕然とした。

純一は少々頭にきて、第二の提案をした。

「福岡支店は、以前から営業先がわが社を非常に信頼していただいていて、営業実績も安定的に伸びている支店で、本社の評価も高いし、他の支店の中では「福岡に見習え」と檄を飛ばしている店も有る。それは営業の皆さんの日々の努力の賜物だと思う。利益率も高いので有名だけど、最近は取り引き先きが固定的になっている。そこで、固定的なお客様にはなるべくご迷惑をおかけしない様にするため、ファックス、パソコンで連絡する様にして、新規のお取り引き先きを開拓したいと思っている。新規開拓は当面自分がするが、古くからのお付き合いの有るお客様への営業訪問を来月から半減したいと思う。それと、出張の全く無い営業課長と女性三人も、月に一度は営業に出てもらいたい」と提案した。

猛烈に反対したのが営業課長で、「私にゃア、入院中の母親が居てですナ、出張なぞ全くできんですたい。何でそんな困る事を言うとですナ。あんた、リストラしに福岡に来たとじゃなかですナ」と博多弁丸出しで反論した。

純一は営業課長の反論に内心、「会社は社会福祉してるんじゃない。会社の命令に反対し、何もしない、したくないのだったら会社を辞めろ。辞める勇気も無いくせに」と言いたかった。それでも純一は、「何も一泊して「出張しろ」と言ってるんでは無いんです。日帰りでも良い。全員で月に一度は営業訪問して、お客様に感謝しようと言ってるんです」と説得した。営業課長はそれでも反論して、「本社で採用されたあんたから、いろいろ命令されたくなかト。それが九州男児ちゅうもン」と言う。耐えてきた純一は、「私はあなたの上司だ。管理職のあなたが、上司の命令に従わなければいつでも首にできると就業規則にある。勝手な意見は管理職はできない。次の会議では、考えた上で身の振り方を話してもらいたい」と、強い口調で反論した。

女子職員の三人は、「私達が営業訪問するのですか」と言いながらも、全員が賛同した。「営業訪問する時は、どうすれば良いんですか」と質問してきた。純一が、「二、三回は僕が同行して、お客様を紹介するから、心配しなくて良い」と言うと、全員が納得した。

営業の三人の男性社員は、「俺達の仕事も手取もメチャ減るから、それじゃ辞めるしかない」と、相変わらず子供じみた意見しか言わなかった。純一の内心が、「どうゾお辞め下さい。ヤル気のある新人を採用したいと思えば、不況の時代いくらでも居る」だったから、全く反論しなかった。

第三の提案である、新規事業分野の取り引き先きの開拓は、自分自身が行うと明言し、支店職員に未来への展望が明るいという自信を持たせようと思った。絶対的な確信を示せば、もしかすると部下は純一の説得を理解してくれるのではないかという思いがあったからだ。純一自身は、新規事業分野の取り引きの開拓に自信があり、絶対的確信を実現しても、社員が白けていたり、純一に背を向けている様であれば、支店だけなら未だしも、本社自体も組織秩序が保てなくなり、やがて倒産という最悪の結末を迎えるのではという危機意識があったからである。

純一自身は独立して、自分が好き勝手に、自分の思うがままの生き方をしたいと思っていた。その自信もあった。けれど、万一独立して事業をおこしても、おそらく平成商事の取り引き先きを引き抜く型で、事業を立ち上げるしか無く、結末は平成商事の反発、妬みしか残らないだろうと、福岡支店勤務を希望したのだった。

第四の提案は、「福岡支店」を「九州営業所」にするという組織改編だった。かっては十五人居て、調査企画のスタッフも五、六人居たが、パソコンなどの普及によって、調査企画の業務は本社へ集約された。福岡支店の調査や企画担当の社員は本社への転勤を命じられたが、全員が退社していった。「福岡支店」とは名ばかりで、実質的に「営業所」に過ぎなかったため、現実に合わせる必要があると、純一は思い、提案したのである。

女子職員の三人は、「本当にリストラのための営業所への格下げではないでしょうネ。リストラするんじゃったら、聞かんけんネ」と、強気ながら賛同した。男性職員の意見の大勢は、「支店が営業所になれば、自分達の格が下る」という論理で反対だった。純一が、「営業所が嫌だったら本社に転勤すれば良い」と言うと、「転勤の話と、営業所になる話は全く違う。話を混乱させるって卑怯だ」と反発された。

純一は業務改善案の一％でも実現できれば大成功だと確信していた。一％の実現ですら困難な状況にあるのが、平成商事の実態で、本社は勿論であるが、支店の実態は想像を絶するものだった。激変とも言える変化が社会体で進んでいると純一は確信し、その激変に耐える事ができなければ、平成商事は倒産によって、この世から消えていく運命に有ると確信していた。

「激変」と言っても、その実像は未だ余り見えず、世の中は「閉塞感」、「停滞感」が覆っているという表現をしているに過ぎなかった。純一は自分自身が息苦しさや重圧を感じている様に、社員も同じ様に感じているかというと、現実を直視すれば不安と動揺で、精神的安定を欠き、生きていく事すら耐えられなくなるだろうから、現実を直視する事から逃避している様に思えた。

ひたすら現状に甘んじ、その日その日を精いっぱい生き抜く事で、生きているエネルギーの全てを消耗している様であった。

不評

純一は支店の業務改善案は長期に渡っても、「一％でも実現するゾ」覚悟を決めていた。そして、支店の取り引き先きへの挨拶廻りをする事にした。支店長の事件で、支店の信用は失墜しているだろうから、純一が挨拶廻りする事で契約を中断し破棄する企業が多発する事も、覚悟しなければならなかった。

先ず支店近隣の、福岡都市圏の取り引き先きに挨拶廻りをする事にした。地場大手、中小企業が大半だった。純一が挨拶廻りするに当っては、総務担当の女子職員が、事前にスケジュール表を作成し、先方に電話連絡してくれていた。

純一はスケジュール表通りに行動すれば良かったので、気分的には楽だった。タクシーを拾い、女子職員が渡してくれた住宅地図を運転手に見せ、「近くで済みません。土地に不慣れなので」と言うと、「どちらから」と聞く。「東京から最近転勤してきたんです」と言うと、「東京から転勤とは大変ですナ。博多にゃあ何年ほどおらっしゃるとですナ」と聞く。「マア二、三年でしょうネ」

最初に訪ねたのは、九州の中心地である博多駅近くの高層ビルの中にある、クレジット会社の本社であった。

先ず通り一辺倒の新任の挨拶を終えると、クレジット会社の営業部長が、「ところでお願いが有るんですが、お聞き願えませんか」と言う。純一が「何でも結構ですが」と聞き返えすと、福岡支店の営業担当への不満であった。

「実は、お宅の会社の営業の方は大変熱心で、毎週わが社に訪問していただいておりますが、毎週お出いただいてもそんなにお願いする仕事が有る訳でもないんです。日常は当社からお宅へのお願いは、直接本社の企画とお打ち合せ願ってますので、支店の営業の方が来社いただくのは、月に一回程度で結構なんです」

「何かご迷惑でも」

「そうですネ。関係者の方々の噂を含めて本音を申し上げさせていただきますと、お宅の営業の方々は、明らかに暇つぶしとしか思えないんです。当社の若い職員と昼から喫茶店に入りびたりな事が多いし、夕方は五時過ぎには飲み屋へ良く行ってる様です。「飲んじゃいかン」とは言いませんが、会社の会計に次々と伝票が廻ってきて、担当の職員が困っている様です。少し注意していただけたらと思いまして」

「大変申し訳ありません。さっそく改善を指示したく考えておりますので……」

次に訪ねたのは、個人商店の和菓子屋であった。人の好さそうな主人が出てきて純一に、「お宅のお陰で、内の菓子の宣伝がきいてですナ、結構世間様にも知られるようになりましたですタイ。本当に感謝しとりますト」と言う。純一はホッとしたが、次に出てきた店員と思われる中年の女性が、「お宅の営業は言葉使いがなっちょらン。どちらが客かも分かっちょらン。少し教育してもらわんと、不愉快でたまらん。そうそう、この前、新しい仕事頼もうとしたら、全く分かっちょらんだった。しかた無しに、本社に電話した事も有るんヨ」

彼女の直截的な言葉に純一は、「大変申し訳ありません」と言うしかなかった。

挨拶廻りを終え、ほとんどの取り引き先きから苦情があり、純一はひたすら「申し訳ありません」を連発する以外に無かった。良くもここまで悪評を買いながら、平成商事福岡支店が黒字経営を維持している事自体が不思議でならなかった。

三人の営業担当の誰が悪いという訳ではなく、三人に共通した人物評価だった。三人に共通した評価とは、極めて子供じみた言動と行動であり、純一は保育園の保母になった気持で支店の運営に当るしかない気持になっていた。出張しない日の三人は、おそらくパソコンゲームに熱中しているに違いなかった。朝出勤して来て、一端机に向い椅子に着くと、トイレに行く時以外、来客が有っても無視して、席を外す事は無く、ひたすらパソコンゲームに向っているに違いなかった。

時折、三人の内の誰かを指名した来客があって、応待している時でも、お客に対する言動は粗野で、衝突する事も有る様だった。紳士的に応接している風に見える時は、相手の言う言葉を聞き流している様で、来客が帰った後は、営業担当同志で来客の悪口を言い合い、日頃の不平不満を解消している様だった。

何故こんな人材ばかりが集まったのか、不思議であった。歴代の支店長や営業課長が、全く問題意識を持たなかったのも不思議だったたし、彼らの姿勢を改善させようという努力の後も全く無かった様であり、純一は人間不信に陥ち入る寸前となりかけていた。営業課長と担当三人の姿勢を改めさせるためには、各自に責任感と積極性を覚悟させる事が先ず必要だと思われた。営業の三人は、三十才前後だったが、全く若さが感じられず、若さを感じられるのは、夜友達と酒を飲む時だけだった。酒を口にする時だけは、実に若さを発揮していた。純一は、自分が間違っているのか、彼らが間違っているのか、全く理解できなくなっていた。

退屈

以前、調査や企画の委託を受けた事のある官庁や経済団体の調査や企画部門へ挨拶廻りすると、一様に「何か面白い情報は無いですか」と聞かれ、二時間余りも話し相手をさせられた。「何か面白い情報は無いですか」と言う質問の裏には、暇を持て余し、退屈しているという実情があると思われた。だから二時間余りも話し相手をさせられるのだろうが、話の中味は「……と思う」とか、「……じゃあないか」といった推測か憶測ばかりで、具体性や現実味を欠き、長長と話し合っても余り有益とは思えなかった。

ある町の「町づくり計画」を受注し、純一と町役場の企画担当は、計画発表の準備と、町づくりのための基盤づくりを内々に進めていた。おそらくこれまでには無い「町づくり」構想だっただけに、中央官庁やマスコミからも注目されると、確信していた。マスコミへの発表も充分計算しつくされた演出で行ない、世間の注目を浴び、住民の関心を高めようという算段になっていた。

ところがその直前、純一が他社の友人と酒を飲んでいた席で、友人から「何か面白い情報は無いか」と聞かれ、酒が入り気が大きくなっていた事もあり、つい「町づくり計画」の中味をしゃべってしまった。その数日後、地元の県紙にリークされ、「町づくり計画」の概要が、記事となってしまった。町役場から純一に、「どこからか情報が漏れて、リークされてしまったが、神村さん何か知らないか」と、慌て気味に電話で問い合せしてきた。

純一は直感で、友人が新聞にリークした以外には、ルートは無いだろうと思ったが、当面は白らを切る以外に無かった。純一は本心から「申し訳ない事をしてしまった」と思ったが、裏の事情を話せば、平成商事と町役場の関係がおかしくなる事になり、当面白らを切り通す事にした。その数ヶ月後、地域開発専問誌に友人が、『新しい町づくりの思想』と題した論文を発表し、関係者から高い評価を受けた。論文の内容は、純一達と町役場の職員が作成した「町づくり計画」と大差は無かった。幸い町役場には、友人の論文は入手される事は無く、問題が表面化する事は無かった。

純一はそれ以来、「何か面白い情報は無いか」という質問に過敏となった。こうした質問をする人物は自分で情報を集めようとする努力を全くしないし、情報を盗用する事に全く罪の意識を持たない人物だと、思い込む様になっていたからである。

「……と思う」とか「……じゃあないか」といった推測、憶測の話を一対一でする人物は、多くの場合相手を不安に陥れる様な話をして、自分の不安を解消しようとしているという。人が幸せになる事が許せない、嫉妬深い性格なのかも知れないと、純一は考えた。一対数人で仕事の話をしている場合とは全く違っていた。推測、憶測の背景には損得計算は無く、単なる退屈しのぎに過ぎないのではないかとも思っていた。

彼らの職場を訪問すると、机に向かって座り、大概数人が利き腕を顎に当てパソコンに向っていた。利き腕を顎に当て顔を支えているのは、大概退屈しているからであろう。彼らは来客が有ると、満面の笑みで歓迎し、長長と話し込む事が多く、そうした傾向は役所に限らず、団体でも企業でも多く見られる様になっていた。

世の中、退屈している人が急増しているけれども、自分から退屈から抜け出そうという努力をしている人が、想像以上に少ない事に、純一は背筋が寒くなる思いがしていた。どうしてこうまで退屈している人が増えたのか考えてみたが、真因は分らなかった。情報化が進み、意思の伝達が便利になったからか、経済的に豊かになり、保身に走る人が増え、他人との信頼関係を保てなくなったからだろうとしか考えられなかった。

八十年代、バブル景気に湧いた時期、役所でも団体でも、調査し企画して提言すれば、民間から膨大な余剰資金が流入し、官民一体となったプロジェクトが次々と実現した。その展型がリゾート施設だったが、中間山地の小さな村でも温泉を掘削し、リゾート施設を建てた。平成商事のような広告企画会社には、自治体や団体から次々と企画の委託事業が持ち込まれ、手に余る事業量があって、零細なプランニング会社に外注して処理する事も多くあった。

当時の自治体の調査や企画の担当者には熱気があり、地域社会を進歩、発展させるのは「俺ダ」といった自負心や誇りが有った様に思われた。ところが最近は、自負心も誇りも消え失せ、他力本願で情報を収集し、その中から新しい糸口を捜そうとしているかの様に思えた。

純一は訪問した役所や団体が発行している調査報告書、企画書、提言書等を貰い、内容を分析して、これからの営業活動に役立てる事にした。何れの報告書、企画書、提言書も、カラー印刷で、立派に製本されていた。

内容を見て、以前と比べて大きく変っている事が三点程あった。一つは、「精力的に」、「鋭意努力する」、「前向きに検討する」といった精神論的な表現を極めて多く用いられている事、一つは、「……すべき」という表現により期待可能性ばかり追い求めている事、もう一つは、資金の裏付けが全く検討されていない事であった。バブル期に策定された計画書等には全く見受けられる事の無かった、傾向であった。

「精力的に、鋭意努力して、前向きに検討すべきである」という精神論の計画書を策定していた市役所の職員と懇談した時純一は、市役所職員が精力的に、鋭意努力しているとは到底思えなかったし、前向きに何かを検討しているとも、全く思えなかった。むしろ正反対に惰眠を貪っている気がしてた。精神論を強調する傾向が強まっているのは、社会全体の流れで、日本人が満足すべき物質的豊さの追求の限界を既に越えており、もうこれ以上の豊かさは「要らない」というシグナルの様に思えた。精力的に、鋭意努力して、前向きに検討すべきだけであって、何か一つでも実現しようというエネルギーは、彼らの言動の中からは全く感じられなかった。

「……すべき」という「べき」論に、純一は以前からある恐怖心を抱いていた。その要因は、「べき」論は責任の所在が全く不明な論理で、提言する「……すべき」を誰のために、誰が資本を投入し、どういうメリットが有るのかといた、根拠の全く不透明な論理であるからであった。

ある企画書を見て、「……すべき」という文言にマーカーで色を塗っていくと、百以上の「……すべき」という市役所の主張があった。

純一はその市役所の課長に、「……「すべき」とありますが、誰が資金提供して、誰が実現すべきなのですか」と質問した。すると市役所の担当課長は、「市民だヨ。市役所が提言した事を市民が自立的に実現する。これがこれからのトレンドだ。市民の努力で市勢は良くも悪くもなる、ただそれだけの事ダ」と言った。

市役所の課長の、余りにもドライなる言葉に、純一は驚いた。市役所と市民の関係も不透明なこの市の計画は、いずれ蜃気楼の様に消えていく運命だとしか思えなかった。

最も不思議だったのは、役所という公的機関が提言する計画書、提言書に、予算の裏付けが全く無い事だった。という事は、調査、企画、提言等が目的化してしまっていて、何一つ具体的、現実的な話は無く、現実検討能力を喪失しているとしか思えなかった。

役所への挨拶廻りを終えた純一は、交換した名刺を整理しながら、一人ひとりの人物像を思い浮べてみた。下世話な話題を必要も無いのに情熱的に話した人、話好きだが論理が支離滅裂だった人物、できるだけ高邁な方向に向けた話にしようとしているが現実味を欠いた話ばかりをした者、傲慢な態度で社会を見据えて社会を動かそうとしている連中、懸命に努力しているという振りをしてるだけの人達、純一はこうした連中を思いだしてはうんざりしたが、商売相手と割り切る事にした。

決行

純一が支店に転勤し、既に半年が過ぎ、支店の業務改善案を提案して四ヶ月以上の歳月が流れていた。

新規事業分野の市場の開拓は、純一が一手に引き受ける約束をしていた手前、実績を上げざるを得なかった。本社で営業の努力した場合と比べ、福岡支店で営業して実績を上げるためには数倍のエネルギーが必要の様な気がした。地縁血縁的な人間の結び付きが未だ強い九州での営業は、単に経済的合理性で割り切って取り引きする事は、数倍の苦労を強いられた。けれど純一は楽しかった。

社宅であるワンルームマンションに帰ると、春美は古くからの博多の人達の出会いを毎夜の様に語った。純一は、男社会の中で生きていると確信していたから、日々の仕事の事等、まして女房でもない春美に語る気は全く無かった。だから純一から春美に話しかけることは日々少なくなっていた。春美は、強い地縁血縁で結ばれた隣近所の人達との話題を、懸命となって話していた。純一にとっては新鮮で、興味を強く引かれる話が多かった。時折、許されるなら陽子と離婚し、春美の濃い地縁血縁の人間関係の中に身を置いて暮せたら、生きていく事が楽になると思う様になっていた純一だった。社内でも、取り引き先きとの間でも、人と人の信頼関係が崩壊しつつある事を実感し、自治体から「地域計画」の策定の委託を受け町や村を訪ねると、殆んどの町や村でコミニュティが崩壊していて、そうした現実を直視してきているだけに、濃い地縁血縁で結ばれた人間関係に、余計に興味が引かれた。

春美に、「毎日が楽しいだろう。それだけの人達と毎日楽しい話ができて、自分の思っている事が言えて」と言うと、急に反発し、「何ヨ、皮肉を言って。毎日、毎日退屈して、あなたを待ってても帰りは午前様」

「そんな意味じゃない。俺は本当にネ、商店街の隣近所の人間関係がうらやましいと思っただけだ。そういう事」

「あのねエ、毎日、毎日、同じ顔を見て、同じ話題をね繰り返す生活って大変なのヨ。分る。分かって無いわよネ」

「だったら会社辞めなければ良かったんじゃないか。東京へ戻るか」

「辞めた後に、辞めなきゃ良かったたって言っても、どうしようも無いじゃン。あんたはいつも都合が悪くなったら女に甘えかぶって、問題解決から逃げようとする。分ってるノ。女に甘えたっからって何の問題解決にならないって事」

「大きなこと言うナ。俺は俺なりに考えて、真面目に対処している」

「どこまで馬鹿なノ。あなたが考えてるほど、社員は会社の事考えてないのヨ。昔から困ったら女に甘えて現実から逃げる、本社の女社員の中では「甘え上手の純ちゃん」には気を付けた方が良いと言われていたノ。あなた知ってたノ。本当にお人好しな馬鹿なんだから」

「馬鹿、馬鹿言うナ」

純一は気力の全てを消耗していた。わずか七人の部下に提案した業務改善案すら、自分が責任を持つと公言した新規事業分野の取り引き先きの開拓以外、全く打開策も妥協案も見出せていなかったからである。

純一と春美の会話の衝突は、日々激しさを増していたが、痴話喧嘩に近かった。おそらく純一は、未知の見知らぬ人達との出会い、春美は退屈からくるストレスが蓄積し、ストレスを消耗しようと痴話喧嘩で甘え合い、相手の信頼を確かめ様としている二人だった。

純一は自律神経失調気味だった。世の中を「閉塞感」、「停滞気味」、「不透明」といった表現で、マスコミは報じていた。世紀末現象と言うのがふさわしい様に思え、新しい世紀がどの様になるのか、全くイメージできないため、多くの人が不安と動揺の渦巻きの中で働き暮らしている気がした。純一も同様だった。その姿は、中世の地獄絵図の中の世相と似ているとも思えた。

政治は無党派層が増え、民主々義の根幹がゆらぎ始めたと、マスコミは危機状況だと煽っていた。経済は長引く不況の打開策も無く、「グローバルスタンダード」という怪物が押し寄せ、破壊的状況を招きつつあった。文化は最早や日本的なるものは、皆無に近くなりつつあった。社会は殺人、自殺、苛め等、人の心を病ませ、社会的状況は深刻になりつつあった。組織でも地域社会でも、コミニュテイが崩壊し、社会の中で働き暮していくライフスタイルを、全面的に変えなければ、耐えられる状況では無くなっていた。純一はそんな重圧に耐えられなくなり、自律神経失調気味になったと、自覚していた。

初秋のある朝、専務から電話があった。

「神村君、気味の提案通り、支店のあり方を役員会で全面的に見直す事が決った。おそらく札幌、仙台、広島、高松、福岡の支店は全て営業所になり、支店は大阪と名古屋だけになるだろう」

純一の提案が本社を動かし、何とか世紀末を乗り切ろうと動き始めた事を実感した。

「しかしね君、組織を扱ったヤツは、必ず潰されるという暗黙の掟やジンクスが、日本社会には有る。絶対に口外しないように。君は潰されるゾ」

「組織の改編はいつからですか」

「来年の四月一日」

それ以上の会話は無かった。

広域的な配転については、「希望者のみ」という条件であったため、全員賛成せざるを得なかった。

全てがうまく行くとは思ってはいなかった純一であるが、朝支店に行くと、総務担当の女子職員が、「今日のお昼、食事一緒にしません」と言う。純一は「ＯＫ」と言い、彼女と昼、フランス料理のレストランに入った。フランス料理のフルコースを注文した後、純一は午後は退社したい気分になっていた。支店内の人間関係に、少々面倒臭さを感じ始めていたからだった。

彼女は開口一番、「最近の支店内の状況知ってます」と聞く。「いいヤ」と言うと、「次長の業務改善案に反発して、営業の連中全く出張もせず、仕事してないんですヨ」

純一は逆に、提案の大部分が実現できると確信した。支店の業務改善案が、会社全体の組織を見直すという動きになりつつあったからだった。しかし、改善案が動き出す事に、おそらく不安と動揺が生れ、反発から全く仕事をしないというリスクが生れているのも事実だった。意欲を喪失している営業課長と営業担当の三人は、退屈が続けば我慢できなくなり、最悪の場合は全員退社する可能性があった。最悪の事態が生じた時の対応を考えておく必要があった。

成果

純一は、福岡支店の改革案についての進捗状況を、頭の中で整理していた。

提案その一の、本支店間や支店間の人事異動については、完全に失敗だった。それは、広域的な異動を前提とした人事を行なう前に、営業課長と営業担当の三人、男の職員全員が退職したからである。人生の一時期、日常とは全く違う世界を経験する事は、決して悪い事ではない、人生に大きくプラスすると信じて福岡支店へ転勤してきた純一だけに、ショックは大きかった。

提案その二の、出張旅費などの半減策も失敗だった。安定した取り引き先との関係を考えれば、それほど積極的に毎週訪問する必要も無いと考えた上での提案だった。ところが営業担当の三人は、実収入が減少すると反対、結果は退職へとつながってしまったのである。

提案その三の、新規事業分野の開拓については、純一自身が全責任を負う事を条件にした提案だっただけに、全く問題は生じなかった。新規事業分野を開拓していった企業は、広告宣伝といった分野にうとく、純一の営業努力に感謝する企業は多かった。

提案その四の、「福岡支店」の「営業所」への組織改編は、本社が札幌、仙台、広島、高松の各支店も営業所に改組すると動いた事で、平成商事が改革へ向けて少しでも動きだしたと思える象徴的なでき事となった。純一は福岡支店へ希望して転勤して来て、唯一救われたと思う動向だった。組織を改組しよう、その事が平成商事には不可欠だという認識は、役員達には未だ希薄な気がしていた。口うるさいと思われている純一の提言を聞き、その場しのぎをして、純一との摩擦を回避したいという思いからの、妥協案に過ぎないとしか思われなかった。

大平の世の改革のむつかしさを知らされた純一であった。支店は純一の予想通り、機能マヒの状態となった。

講演

純一は忘れかけていた五ヶ所の電話の先方へ連絡し、連絡の遅れた事を深謝した。三ヶ所は以前に調査研究や企画の委託を受けた事がある役場、商工会、農協からの、講演の依頼で、二ヶ所は業界紙からの執筆依頼だった。

講演や執筆依頼の内容は、全てが「不透明な世の中の先き行き」について、将来展望を示して欲しいという内容であった。その背景は、閉塞感、不透明と表現されている世相は、確信できる価値観を失ないつつある事に起因しており、二一世紀という新世紀がどんな社会になるのか、全く見通せないからで、少しでも良いから、展望を示して欲しいと依頼してきた。

あるワンマン社長が経営する中堅企業の担当者から聞いた話であるが、昨年夏から急速に業績が悪化した。その要因は、ワンマン社長の意思決定が右往左往し、一向に方向性が定まらなくなり、組織秩序が崩壊した事にあり、社長が酒に泥酔した勢いで、「これからの俺のヤリ方に付いてこれない馬鹿社員は、次々と辞めていくだろうナ」という言動に、社員の志気が一気に低下したらしい。ワンマン社長の言う「これからの俺のヤリ方」とは、一人ひとりの社員を社長室に毎週一回三十分余り呼び込み、無理難題の質問をし、過大な業務を押し付ける事だった。無理難題な質問に応えられないと、暴言を吐くため、社員は脅えた。過大な業務を押し付けられても、消化できない者は積み残しの業務量が増大し、その重圧に耐えられなくなってきているという。その上ワンマン社長の経営方針、方向性が時時刻刻変るため、社員の中に精神的におかしくなっている者が増えているらしかった。

ワンマン社長が経営方針や方向性を時時刻刻と変るのは、決断力を完全に喪失している証拠だった。おそらく社会全体がスタンダードで確信の持てる価値観を失なっているからか、バブル景気に湧いた時、経営能力を過大評価した結果、驕りから現実検討能力を喪失してしまったからだと思われた。

影で「あの人は社長の資格は無い」とか、「狂気」と噂されているらしかった。純一は批判され影口を言われている社長に、同情したかった。純一は、わずか七人の部下に提案した業務改善計画すら、反発に会って、打解作を見出せない自分に、自信を失ないつつあったからだ。酒におぼれ、春美に甘えることで、現実の苦しみから逃避しようとしている自分が、余りにもあわれに思えていた。

純一は講演や執筆で自己主張したいポイントを、頭の中で整理した。おそらく依頼してきた人達も、確信すべき価値観を失ない、幻想の中に迷い込み、激変する社会の中で将来を見通せなくなり、不安を感じ、動揺しているに違いなかったからだ。

初秋の日曜日、純一はある中間山地の村の公民館の演台に立っていた。聴衆は百人余り、彼らの不安は急速に進む過疎と高令化、そして衰退する農林業の将来についてだった。

純一は、農村の過疎の原因は、家業の農林業に見切りを付けた親達が、子弟を都会に送り出したためにおきたのであって、社会や国が原因者ではないと論じた。高令化という現実は、多くの人が長生きする様になり、実は大変幸せな事で、「不安を感じるのはおかしい」と、話した。農林業の衰退は、農林業に見切りを付けた人が多いからで、物産開発、観光振興、人材育成をしたからといって、農林業が再生する訳では無い、農林業の抱える問題を直視し、問題の改善以外に再生は無いと主張した。

翌日は、近隣の町の商工会館で、商店経営者三十人余りに講演した。課題は後継者不足と商店街からの消費者離れであった。後継者不足問題は農林業と同じく、家業の商売に見切りを付けた親が、子弟を都会で就職させているからで、問題解決は子弟をつれ戻すしかないと指摘した。商店街への消費者離れは、消費者の欲しい物を売ろうとする商店が余りにも少ない事が最大の原因であると、厳しい意見を述べた。大型店の影響は、統計数字から見ても、多くの人が言っている様な事は少なく、デパートの店員のセールストークを面倒がる人が増え、大型店の売り上げも下降していると指摘した。地域商店街の売り上げに大きな影響を与えつつあるのは、自動販売機、通信販売、訪問販売、コンビニエンスストア、等で、これらと競合する商店がシャッターを閉めている現実を報告した。

数週間後の金曜日の夕方から、小さな町の役場職員に、町づくりの手法について講演した。役場の会議室に町長以下五十人余りが集まっていた。

先ず、町長の任期が四年のため、短期間に大きな財政負担をしてまで、分不相応の町づくりを進めようとする町村の多い現状を批判した。分不相応の開発をしてミニ東京を夢みる町村が多いのは、農山漁村で暮す人々の都会で働く人達への強いコンプレックスが背景に有ると直言した。農山漁村で暮す事にコンプレックスを抱くのなら、都会へ出て働き暮せば良い、そんな弱気の自治体が進める町づくりに住民が関心を示すはずが無いと、強い語気で語った。

そして町長が自慢そうに純一に渡してくれた『明るく、楽しく、夢がある町づくり計画』書を見せて、「私がこの町を訪ねたのは初めてですが、今日昼から町の中を歩き、町の方々とお話をさせていただきました。本当に誰一人明るい顔をした人は居ませんでした。暗い顔をして、私から逃げる様にしながら話してくれる人ばかりで、到底楽しく暮しているとは思えませんでした。夕方、役場の職員の若い方々とお話させていただきましたが、夢を語ってくれた人は、一人も居ませんでした。この町には、明るさも、楽しさも、夢も無いから、こんな計画書を作成したのでしょうが、計画したから町が変るというのは幻想で、このままでは、この町は十年後廃村に近い状況になるでしょう」と、講演した。純一の主張は、断罪に近く、町長以下の町職員の大半が、顔面蒼白となっていた。

執筆の内容も、講演の骨子と大差はなく、一冊は毎月原稿用紙十枚、もう一冊は二十枚、二年間連載する事になった。執筆するに当っては、社内からの反発や妬みを防ぐため、「泉　大介」

というペンネームを使用する了解をとった。

純一の講演や執筆の主張は、社内の大半の人は会社の業務、営業にとって、徹底的に不利だと、純一を批判するに違いなかった。誤解されてしまえば、「何と高慢な野郎か」と、社内だけでなく、社会的にも指弾される恐れが有る事を、純一は危惧していた。場合によっては退社を決心しなければならない時が到来する事も、覚悟していた。

しかし、純一の危惧は外れ、講演は好評だったらしく、講演依頼は増えていった。講演料が会社の営業の延長上という事で、格安かロハという事も有ったが、何といっても純一の本音の物怖じしない本音の話が受けたらしい。純一は好評さをむしろ自戒すべきと、慎重さと謙虚さを今こそ身に付けるべき時期だと思った。本音を言い続ける事は、案外と精神力のいる仕事であり、日本社会の様な建て前社会では、常にリスクや危険の伴う作業とも思えたし、不透明さ、閉塞感の覆う社会だからこそ、純一の様な本音の話に強く期待がかけられるのだと思った。

的中

純一の予想は、的中した。業務改善計画案に反発し、事実上業務を放棄していた営業課長、営業担当の三人が次々と辞めていった。残ったのは、支店次長の純一と、女子職員三人の四人だけだった。支店を現実的に見れば、完全に機能マヒ状態だった。

社宅のマンションに帰り、純一は春美に支店の惨状を延々と話した。妻の陽子にも話をした事の無い社内事情を、同棲している春美に延々と繰り事の様に話している自分が、今何を信じれば良いのか、全く分ってない気がした。春美が、「あなたは、いつも困ると女に甘えて逃げる。女に甘えられて、女からかわいいと思われたいと思ってる。どうしょうもない点があるのヨ。男の世界の問題を女に甘えても、絶対解決できやしない。女の世界の問題を、女が男に甘えて解決できないのと同じ、分ッタ」と言う。「そんなに厳しいこと言うナ。俺はそんなに立派にできてない」と反論すると、「またそんな事言って逃げる。何も問題解決にならんって言ってるでしョ」。純一がアルコールを口にするピッチは、一気に加速していった。

翌日、純一は三人の女子職員と会議をし、三人の社員募集をハローワークと求人誌に頼むよう指示し、当面四人で営業活動を続けようと相談した。かつて十五人居た支店が四人まで減った事を思うと、東京一極集中の現実が平成商事にも及んでいるのかと、思う以外に無かった。純一は、東京一極集中は、おきるべくしておきた、必然的な流れであると思っていた。人間はいつも刺激を求め、退屈に対し恐怖心を持って生活している気がしていた。と考えると、日本人がいつも、エキサイティングに活動している東京へ目を向けるのは自明の理である気がしたからである。

純一は当面四人が手分けして、取り引き先きへご用聞きして廻る事を提案した。女子社員だけに、家事の都合や女性という立場を理由に、猛反対の意見が出る事を覚悟していた。ところが純一の予想とは正反対に、三人全員が、「私達、毎日でも出張して、お客様のご用聞きして廻ります。次長、お留守番してテ」という風に、悪乗り的な意見が強く出され、純一は安堵した。

だからといって、未来永劫こうした体制の営業活動が続けられるとは思えなかった。五人の男性職員が次々と辞め、残ったのは純一だけとなり、戦国時代に次々と武将が討ち死にし、城を守るために残った武士が純一で、戦に出なかった女房や娘が三人の女子職員、城に残った四人は頼りないと思いながらも籠城し、城を死守しようとする時代劇の悲劇の主人公になった気分になっていた。

昔であれば、何か問題があれば直ぐに辞めていくのが女子社員、家族のために耐え抜くのが男性社員というのが一般的な考え方だったが、豊かになった社会の中では、全く逆の行動をとるようになっていた。純一は自分が古い考えを固守しているのか、辞めた彼らが大人になり切れてないのか、分らなかった。男が就職する事は、「男一生の仕事」と、生活をかけるのを美徳としてきたが、最早や死語に近かった。

純一の元へ本社の専務から電話が入った。

「君、わが社でも来春リストラする事が決った。三人の新人社員の採用中止して、当分の間、福岡支店は君を含めて四人で営業をして欲しい。詳細は後日連絡する」

純一は来るべきものが来たという思いで、ハローワークと求人雑誌に、求人を中止する事を指示した。直ぐに三人の女性職員に、専務の連絡を伝え、「大変申し訳けないが、当分の間、君達も可能な範囲で、営業のための出張をして欲しい」と申し出た。純一は三人共反対意見を言うと思っていたが、三人共賛同し、「福岡支店は四人で充分」と、丸で辞めていった五人の男性社員が余剰人員だったかの様な言い振りをした。

そして次々と申し出のある講演依頼について、「当分営業を兼ねて講演に廻らなければならないが、支店を完全に留守にする訳にはいかないんで、うまくローテーションを組んでスケジュール表を作成して欲しい」と頼むと、「分ってます」と快諾してくれた。

もう初冬だった。純一は陽子に全く連絡してなかった。マンションに帰ると、春美が留守にしていたため、七ヶ月ぶりに陽子に電話をした。

「オイ、元気か」

「元気かって言ってて、あなたこそ」

「俺、正月には帰る」

「相変らずお忙しいのネ」

「まあネ」

「子供達が、「家出した親父大丈夫かナ」って言ってたわヨ」

純一は陽子に「済まない」と謝る気は全く無かった。断る事でその場を都合良く凌ぐ事ができても、中長期には決して良い結果を招く事は少ないと確信していたからだ。


正月も過ぎ、初夏の日曜日、離島の小さな町に講演に出かけた。純一にとって離島に渡るという経験は、初めての経験だった。胸湧き血踊る思いで、講演したいと思った。春美も同伴していて、出迎えてくれた漁協の職員の人達に、「女房です」と紹介した。春美は初めての経験に戸惑いながらも、本音で満足し、純一との夫婦ゴッコを楽しんでいる風だった。純一は、もし春美が別れ、別の男と結婚しても、立派に妻の役割りを果す女に成長しているだろうと、春美の人間的成長を心底喜こんでいた。二人を知っている他人からすれば、どこにでも有る不倫関係だったが、二人にとっては人間同志の信頼性をかけた、案外と懸命な付き合いと思い込んでいる面が有った。

講演を終え、町の有力者との酒宴があり、純一は懸命に島の生活を聞き出そうとしていた。しかし、島の人達は島の生活は凡庸と思い込んでいて、日々の生活の事等余り話したがらなかった。初めて島に渡った純一にとって、島の中の全てが、魅力的に写り、刺激的だった。特に島の人々の眼が輝いている様に思え、一人ひとりが社会の変化に無縁で、自分の足で立って、活き活きと暮している様に思えた。

酒宴を終え、二人は旅館の室に戻り、酒を飲み直す事にした。

春美は純一の講演を初めて聞いたらしく、「今日のあなたの講演、面白くて分り易く話してたので、点数は八十点以上だけど、一つだけ良く分らない点があったノ。聞いて良いかしラ」

「アア、良いヨ」

「九州には未だ男尊女卑の伝統が有ると多くの人が思い込んでいるが、「それは誤りダ」って言ってたでしョ。あれどんな意味」

「女は男を尊敬し、男は女を卑しめろなんていう教えなんて日本のどこにも無い。おそらく日本の男と女の付き合い方なんて、極めて自然体ででき上っていると思うんダ」

「それはそうネ」

「九州男児が男尊女卑の考えが強いというのは全く幻想だ。九州は温暖で縄文時代から飢えたことが無いから、危機意識や自立心が無くても生活できる土地柄だ。だから悪く言うと呑気に大人に成長するから、大人になっても精神的には大人になり切れず、女性に甘えながら生活している気がする。日本人全般に言える事だけど、九州は特にその傾向が強く、それを男尊女卑と言うのは間違いじゃないかと話したんだ」

「それは正しい考えと思うけど、けれどどうして九州男児は面子に拘わるノ」

「それは面子に拘って、強がっているだけで、強いという事を演技しながら生きていかなければ、対人関係の重圧に耐えられなくなるからだ。本当は弱虫なんで、弱虫を率直に表現した方が、楽に生きられるんだが、どうも日本の男というのは虚勢を張ってないと生きてゆけない様だナ。だから、ストレスの多い社会になってしまったんだ」

「そうネ、今はストレスの多い男より、女性の方が活き活きしてるものネ」

「日本では男と女の関係が自然体でき上った社会だから、真剣に男と女の関係のあり方を考えてこなかった。女性は家庭を支える必要があるから、男に女との付き合い方を「話し合いましょう」という気持ちは強いが、男は「女、子供」の事等話すのは恥という雰囲気があって、話しにくかったんダ」

今夜の二人は、島というある隔離された場所に居るためか、日頃の思いを率直に語り合えている気がした。

「だから男が女性とのあり方を話したり、女性の活動を支援したりすると、「あいつは女好きだから」とか、「軟弱野郎」なんか言って、男社会から仲間はずしにしようとする。本音の部分では妬んでいるんだろうが、妬まれ仲間はずれにされるのが恐いから本当に好きな女性が居て話してみたいのだが、現実から逃げて、チャンスを逃し、その繰り返しで人生を終えてしまってるんだヨ」

「本当はそう思うけど、私があなたを見てきた限りでは、いつもあなたは男社会から逃げてて、女社会に甘えて生きている気がする。言い過ぎてたら、謝まるワ」

「そんな事は無い。けれどナ、戦後は男女は「平等」と教育され、最近は「均等」と言われだした。それはそれで良い。けれど自然体で成り立っていた男と女の関係が、法律で平等で均等に人間関係を保てと強制されるようになったのは、かなり異状な社会になりつつあると思うんダ」

「異状ってどんな」

「男と女を法律で規制するって、異常だよ。もしセクハラが裁判で金銭的な利益を生むと考えられる様になると、大半の男は女に声をかける勇気すら失う。そうすると、女性は「女好き」と言われている男の元へ集中するようになると思うんだ。そうしないと男との接点が無くなり、活き活きしている女性も、いずれストレス社会の中に身を置くようになるだろうネ」

「そうかしら」

「それは歴史的に何度も経験しているんダ。日本は楽市楽座以来、バブル景気を何度も経験している。バブル景気がはじけると、必ず水害、干ばつ、地震などの災害がおきて、信じられてきた価値観や秩序が壊れる。そうすると時の権力者は必ず「改革」を断行するんだ。バブル時代の庶民は、自然体の男と女の関係を維持していたが、それが行き過ぎて享楽的になってくるから、大体規制の対象になって、庶民は身動きが取れなくなる。その結果おきるのが集団ヒステリー現象ダ。お蔭げ参り、富士登山ブーム、お伊勢参り、ええじゃないか運動、二・二六事件と五・一五事件ダ。今おきている現象も大体同じ途を歩んでるが、今度はどんなヒステリー状態が生まれるかは分らン」

「あなたの説明は説得力があるから、皆から恐がられるのヨ。あなたの話の中味はオカルトでもカルトでも決して無い。私も知り合いの会社の社長や役員と時折飲んであなたのこと話してるノ。良いでしョ」

「良いサ」

「その社長達が言うのは、「世の中変だ。変だけど何が変か分らン」なの。そして「変らん」と言いながら、酒の量が増やし、時には私を口説こうとするの。そう簡単に「その手に乗るものか」って思ってると、お年寄りには気力が無いから、直ぐにあきらめる。面白いわヨ」

「馬鹿ったれ。男とか年寄りとか言って、他人を遊び道具にするナ。お前の様な女が居るから、男がどう女性と接すれば良いのか迷ってしまう。

金物屋のお嬢様から一つも成長してないよな」

「何ヨ、金物屋のお嬢様って。それ差別か、私を馬鹿にしてるんじゃない」

「金物屋一家にとっては、死ぬまでお嬢様なのヨ。他人様がお嬢様と認めてくれたからお嬢様じゃない。そうだろう」

「けれどお嬢様は皮肉ヨ」

さすがにしつこい春美の言動に純一はキレた状態となり、春美に鉄拳が飛んだ。だからといって、女性の最も気にしている部分は避けたが、下半身は青アザができるだけの殴打の力を込めた。

純一の母親は教師をしながら、地域の政治的な女性リーダーだった。母親は亡き父の後、町役場や町内の有力者の人望を集め、裏では人事権を全権掌握していると信じられていたが、母の世渡り術は他人の言う事の全てを是認する事だった。母が「ＯＫ」のサインを送る事で、町内の大半の人は、「婆あちゃんの言う事は間違いない」という確信を求めていた。

そんな母親は純一に、「女は三歳から七十歳まで女は女だと考えてるから、皆平等に扱いなさい」、「女が文句を言ったり、反発しても、あなたは否を認めなさんナ。否を認める様な文句だったら、言いなさんナ」と、幼ない時から母親なりに純一に対して帝王学を学ばせた。

父親は、「車の免許証なんて不用。人が運転する車に乗れる様な人物になれ」が口癖せだったが、車が大衆化していく時代の流れの中にあっては、既に時代遅れの帝王学だった。純一は母親の帝王学を守って、今日まで生きてきたと確信していた。純一と春美は完全に二人の世界に浸り切り、お互いの信頼関係を確かめ合っていた。

翌朝、春美は上機嫌だった。純一は春美が上機嫌な理由が分らなかった。町役場の職員の車が純一を迎えに来ていた。二人を乗せ、島内の隅々まで案内し、地域の歴史を詳しく説明してくれた。純一にとって、地域の歴史を聞く事は、実に新鮮だった。都会で働き暮す者にとって、地域の歴史物語等、全く無縁の世界だったからである。春美は、相当退屈している様だったが、無理に愛想笑いして、時間の過ぎるのを待ってる風だった。夕方、小さな飛行場に送ってくれ、二人は福岡へ向った。

機内で純一は、「島の感想は」と聞くと、春美は、「二、三日は良いけど、毎日「生活しろ」と言われると、私は逃げると思う。退屈に耐えられないと思うから」と言う。

「そうかナ。毎日生活して働いてると、案外と都会よりしなければならん事が多いのかも知らん。人の足を引っ張って、生き残りをかけなければならない都会のサラリーマンの様な事も無いし、毎日の生活は楽しいと思うんダ」

「そんな事考えてるのは、相当精神的に参っている証拠じゃない」

「そうかも知れんけど、本音でそう思ったんだ」

こんな会話をしている内に、二人を乗せた飛行機は福岡空港へ着陸した。

現実

純一は三年の福岡勤務を終え、本社復帰する事になった。福岡支店は福岡営業所となったが、純一が取り引き先きの拡大を図った結果、五人の営業スタッフを増員、三人の女子職員と、地元流通業からスカウトした営業所長の、計九名で営業活動が行なわれる事になった。

純一は福岡勤務時代に出会った多くの人達の中で、強く印象に残った人が二人居た。一人は初老の経営コンサルタントを営む方だった。ある勉強会を終え、酒の席で純一に次の様に語った。

「私はですナ、最近の世の中に不安と不満を持っとりますト。不安を解消するには、酒を毎晩飲むしかない気がするんですが、最近気付いたんですが、新聞とかテレビを見らん様にするんが一番の様思うようになりましたト。

不満を解消するにはですナ、私は夢ん中で、自分が戦車に乗って、不満の対象に向ってですナ、大砲を撃ってですナ、自分の心の中から消しますト」

純一はこんな初老の人でも、不安や不満があり、その解消に四苦八苦しているのかと思うと、今おきている変化は余りにも激しいと考える以外に無かった。

純一は質問した。

「いくら夢の中で不満の対象を戦車で撃って消しても、現実には不満の対象は有るし、居る訳でしょうが。再び出会った時、不満は増巾するんじゃないですか。私はそんな器用ことができないもんですから」

「イヤ、私はですナ、一端心の中で消したですナ、人間は、それ以降絶対に付き合わん事にしますト。不満を持たせるような人間はですな、大体ロクな性格じゃなかですもン。ロクな性格じゃない者と付き合って、ロクなことはなか、これが私の人生訓ですたイ」

そう言われて純一は、自分の人間関係は、馴れ合いや惰性で今日までやってきた気がしてならなかった。

もう一人は、メーカーの開発担当者だった。彼は数年前、役員の指示で、内々に一人で商品開発に取り組み、開発した商品が大ヒットし、一躍有名人となった。社内の役員からも評価され、次の人事異動で大抜擢の噂が社内に流れた。

彼が当然の処遇かと思ったのも束の間、大抜擢の噂に対する大反対運動がおきた。理由は、「功名心に走り、一人身勝手な事をして、社内の秩序を乱した」ので、むしろ左遷されるべきという事であった。彼の人事移動が見送られたという噂が流れると、四、五人の同僚から、「残念だったナ。一度一緒に飲もう」という誘いが一年も続いたが、彼は拒否し続けた。もう一つ、彼はある決心をした。開発部門の仕事に一切口出しもアドバイスもせず、孤立を守る事であった。

彼はその理由について、次の様に語ってくれた。

「彼らの内心は、人の幸せを妬み、不幸を喜こんでいるんです。おそらく連中は、自分を親分、私を子分として付き合いたい、極めて支配欲が異常に強い性格で、私を子分として酷使すれば、何か甘い汁を吸えるのではという幻想が有るんです。意地悪な性格でもあって、私を不幸にするためにはデマを飛ばすのも平気だし、私と酒を飲めば平気で嘘を言って不安に陥れようとし、親分として私生活にまで強引に介入しようとする。そんな連中が最も恐れているのは、他人への強引な要求や強制が拒否され、面子を潰される事なんです。面子を潰される様な拒否をされると、彼らは集団で私を不幸にし不安になる様な、あらゆる手段をとるでしょう。その重圧に耐え続け、拒否し続けなければ、必ず連中に精神的に倒されてしまうでしょう」

純一は、彼の言葉の中には被害妄想的な言葉は、全く感じなかった。もう一つの彼の決断である、商品開発に対して一切口出しもアドバイスもしない事は、実質上のサボタージュだったので、処分も覚悟の上だったらしく、その上で次の様に語った。

「今だから言える話だけど、会社の開発部門と言っても、わずか十人足らずで、優秀な人材が居る訳でも無い。そんな中で私自身は、会社の広告塔的存在と自負してたし、私が動かなければ他社との開発競争に遅れをとる事は目に見えているんです。だから二、三年サボタージュすれば、必ず会社の経営にも影響してくるだろうから、その時行動をおこすか退職しようと決心してるんです」

彼ら二人に共通している事があり、それは鋭い先見性、早い決断力、人の性格を見抜く力であった。純一は激動の時代を乗り切り、生き残るタイプとは、この二人のような性格の人物で、大半は波を乗り切れず、表の社会から消えていくのだろうと思った。

政治の世界では、東西冷戦を背景としたイデオロギーによる対立軸を、冷戦の終えんで失ない、離合集散がおきていた。

経済成長だけが、戦後の日本人が共有した価値であったが、バブルが崩壊後に市場原理主義が席巻し、護送船団方式という日本型経営も崩壊し、多くの企業経営者は自信を喪失しつつあった。経営者や指導的にある人達の自信喪失が、組織の機能性を低下させているが、自信喪失が組織内に複雑でドロドロとした人間の邪性とすべき感情を吹き出させているに過ぎなかった。

行政は、規制緩和、省庁再編、地方分権、情報公開等で、役割りが大きく変ろうとしている。社会の中では、学校での苛めや不登校生の増加、自殺者の増加、男女雇用の均等化等が問題となり、強いストレスに更されている人達は、白けるか、現実逃避して享楽的に生きるかしない様に思えた。

明治以降の日本は「脱亜入欧」こそ近代国家になる最も近い早道と確信してきたが、アジア近隣諸国が永い文明的停滞から抜け出し、経済的発展が確実となると、急速にアジア回帰し始めだした。敗戦によって日本人は日本的なる文化、暮し方、景観、伝統等を、前近代的、戦争をおこした元凶として否定し破壊し続けてきたが、日本的なるもの捜しを始めだしている気がしていた。日本人が日本的なるアイデンティティを求めだしたのであろうと、純一は考えた。そう考える純一に、自分の存在感は全く無い気がしていた。

日本人の一人ひとりが、あらゆる分野で激変しつつある事を実感しつつある気がした。「今、何かがおきている」のは事実だが、「激変している」その行き付く先の姿が見えず、世の中に不安と動揺が渦巻いているというのが現実だろう。不安と動揺が渦巻き、激変という現実から逃避しようとするため、いよいよ現実を見据える気力を失ない、激変の行き付き先を幻想で描くしか無くなりつつある気がした。幻想で描く将来像には全く現実味は無く、不安と動揺が増幅していき、多くの人が精神的に追い詰められ、社会は活力を失ない、極めて不安定な状況が当分続くだろう。

絶望

純一が復帰する時専務から電話が入り、「今度の人事移動で本社に転勤する事が決った。ポストは前と同じ企画部長だ」と伝えられた。普通であれば、もう役員になって良いと考えていた純一にとっては、相当ショックだった。

福岡に新天地を求め、福岡支店の改革で、本社の改革を行なおうとした目論見は、札幌、仙台、広島、高松、福岡の各支店の営業所への組織改組と、福岡での新規事業部の取り引き先きの開拓、営業スタッフの強化程度であった。

三年間、純一は自分なりに背いっぱい働いたつもりであった。九州の地方へ講演に出かける事で、平成商事の知名度は高まり、新しい顧客を開拓するには都合が良い環境ができたと自負していた。執筆する事で、不透明な世相を少しでも見抜き、不安と動揺から逃避する事ができる様になったと実感していた。そう考えてみると、福岡勤務の三年は、純一にとっては極めて充実した三年であったかも知れなかった。おそらく本社で勤務を続けていれば、地方支店を営業所に組織改組する動機をつくり出す事などはできなかったであろう。

純一は自分の本心を問い正したかった。福岡を離れる数日前の夜、春美と飲みながら、三年間の思い出を語り合った。

「この三年、本当にありがとう。ご両親にも良ろしくナ。それはそうと、これからどうする」

「あなた、「一生俺と付き合え」って、いつか言ったわネ。私そのつもりでいる。良いんでしョ」

「俺は嘘は言わないヨ。しかし、当面どうする」

二人のこれまでの関係はおそらく許されないだろうという恐怖は、幻想に近い関係だったと信じ切っていた。今の二人は、生涯をかける二人の間の真面目な関係であると信じていた。

「そうネ、当分の間は家業に専念し、時間が余ったら何か手に職を付けたい。あなたが東京に帰っても、私、決して寂しいなんて思うこと無いと思う。何故って、あなたは決して嘘を言わない人だから。だからと言って、全面的に信用してる訳じゃないのヨ。暇ができると、直ぐに女に手を出す、「甘え上手の純ちゃん」のイメージがあるからネ」

「そんな事は無い。俺も少々反省していると自分自身に言い聞かせたいんだが、本音で俺の存在を認めてくれたのは、春美が初めてだ。その春美に嘘を言う事など決してない」

「本当にそう思ってくれる」

「本当ダ。それはそうと、俺の福岡の三年、どう評価してくれる。俺は俺なりに背いっぱい改革をしたと思う。けれど本当はその自信は無いんダ」

「また「甘え上手の純ちゃん」らしい言い振りネ。あなたは本当は将来田舎に帰って政治家になるのが夢だったし、しなければいけないのでしョ。私、あなたの全てを知ってるつもりヨ。感性の良い男って、イザとなると案外ダメなんだと思うけど、そこに女は惚れてしまい、女がダメ男をつくってしまう、今の純一はダメ男から立ち直り、本社再建にチャレンジして欲しい、これが私の本音ヨ」

「俺が女に甘えて生きてきた事は認めるが、本当に本社再建に俺が役立てるかなア」

「何を弱気な事言ってるの。神村純一、私は本当に全てをあなたに言ったつもりヨ。もっと自信持って、前に進むだけよ。女と二人の幸せを考えろなんて、あなたに言ったこと絶対ないじゃないイ。政治家になる時、私が妻の役目を演じてあげる。奥さま、そんな事できる人じゃない。もっと神村純一は自信を持って人生送るべきヨ」

「そうカ」

純一に決定的に欠けているのは、「野心」という言葉だと春美は言った。努力すれば他人が認知し、それなりの人生が送れる、だから努力する、しかし、結果は裏切りの連続で、絶望しかけている純一を助けられるのは、「私しか居ない」と確信したのは、春美であった。余りにも純粋過ぎるとしか、思う以外に無い春美だった。

「オイ、福岡支店、今は営業所だけど、俺のした仕事、どう評価する」

「相変らずくだらない考えしてるのネ。本社を動かしたでしョ。本社の役員は、神村の存在は見過せないと思ってる。やはり神村を恐いと思ってる。そんな生き方しかできない男でしョ。一つひとつの話は私にはどうでも良い事」

「では、俺はどう生き抜けば良いのダ」

「馬鹿、私も陽子さんも居るじゃなイ。あなたは世の中で最も不道徳な男って事が全く分って無い」

「俺はそんなに不道徳とは思ってない。当り前の事を当り前にしてきた。政治家になった時の思いは、市民に当り前の事を当り前にしようと言いたいだけダ」

「本当に馬鹿。何も分ってない」

「俺は講演もするし、執筆もしている。春美の様な、無教養な女とは違うと思ってる」

「馬鹿、今の神村純一の競争相手は、私だけになってる。私は神村純一に生涯付いていくと言ったでしョ。未だ信用してないのネ」

純一は春美の言う事は全て理解し納得しているつもりだった。しかし、理解してしまうことは、二人の幸せを求める事以外に無くなる様な思いが強かった。

純一は、本音では本社に復帰する事をためらったが、家族の事もあった上、春美の思いを含めて、本社改革の全てを役員が押し付けようとしている事は明らかだったが、会社再建のために復帰する事を決心した。

純一は、「絶望」を演出する事で、次なる手段を考えていた。春美が評価してくれた事で自信回復していた。福岡支店を営業所に改組した事が、本社を動かして札幌、仙台、広島、高松の支店も営業所に改組したのであり、五支店を五営業所に再編した事は、平成商事の事業を縮少させる事には決してならないと信じたかった。バブル景気で肥大化した組織を、身の丈にする事は、現在の平成商事にとって絶対不可欠な条件であり、純一は福岡勤務の三年間の自分の存在感を決して無駄だったとは思いたくなかったからである。

純一は本社に復帰してからの自分の存在感をどう持ち続けたら良いのかを、考え続けた。春美という存在が遠くなった時、自分自身の存在が極めて不透明になる気がしていた。

春美は、

「あなた、本当にしっかりして。私はあなたの言った言葉を信じて、これからも生きていく。おそらくあなたは当分、他の女に甘える事もあるだろうと思うけど、私にとってそんな事はどうでも良い事なノ。あなたの言った「死ぬまで付き合え」を信じているから」

「そうだナ、本社に帰って、また企画部長だ。俺は企画部長のために生れてきたのかナ。役員になれると思ってた。春美、二人で会社おこすか。俺は本音は本社に帰りたくない。博多で会社をおこして、お前と暮したい」

「何を馬鹿なこと言ってるの。男は中央の舞台で、自分の実力を発揮する、それが男ちゅうもんヨ」

「分った。本社に帰った時、俺どうすれば良い」

「男はネ、時には芝居して、人を動かす事。今、あなたに与えられたチョイスは、「絶望」だと思う」

「オイ、「絶望」とはどういう事ダ」

「分ってるくせに。このままゆけば、平成商事は倒産するゾって事を、馬鹿に暗に言い続ける事」

純一は、春美のアドバイスに従う事にし、本社への復帰を決心した。しかし、本社を中心とした企業再建のコンセプトが、「絶望」を演じることだと言われた時、純一は全く自信を失なっていた。

幻想

ある日、宝島の地図を手に入れた少年が、無謀に、羅針盤も持たず、荒海へ小舟で舟出しようとした。両親は猛反対したが、少年は船出した。

一方、不沈艦と言われる様な巨艦に、最近鋭の計器を装備し、航海技術に優れたクルーを乗せ、蜃気楼の島を捜しに船出するツアーが有った。

純一は、世の中の人はどちらの舟出を選ぶだろうかと考えた。おそらく現在の日本人は不沈艦に乗りたい人ばかりとしか思えなかった。蜃気楼の島をいくら捜しても、決して見つかる事は無い、その幻想の中に居て、居心地が良いという事であるが、蜃気楼の島をいくら捜しても見つかる事は無い。やがて水も食糧もつき、死を待つしか無い。そんな幻想を追っているのが、現下の平成商事だった。純一自身は巨艦に乗った方が楽だが、今こそ小舟でも良いから、荒海に乗り出せば、その強気の営業方針を支持してくれる企業が増え、業績は拡大できるだろうと確信していた。

ここ数年の社内事情からして、経営を維持できている事自体、幻想に近かった。社内では組織秩序は崩壊、組織目的を喪失し、有力な社員は次々と退社していった。機能は完全にマヒ状態にあったが、残った役員や中間管理職に全く危機意識は無かった。次々と社員が自主退職していく姿を見て、「リストラする努力をしなくても済む」と、呑気な事を言って、その日暮しの日々を送っている役員ばかりだった。

危機意識を持った純一は幹部会議で、「このままでは、わが社は組織維持でき無くなるのではないですか」と、問題提起した。ところが専務は、「神村君、今の世の中はリストラの時代だ。わが社もリストラを推進中なのは知ってるだろう。社員が勝手に辞めていく場合には、退職金の割り増しをしなくて良い事は君も知ってるハズだ。勝手に辞めていくのは実にありがたい事だヨ。

わが社もリストラしスリム化が進めば、収益率、利益率も大巾に改善するはずだ。君が経営陣の役割りにまで口出しするのは、越権行為だぞ。本当に失礼だ。君の最近の言動は、度が過ぎている。気を付けたまエ」と、強烈な反論と叱責があった。

夕方、春美の自宅へ久しぶりに電話をした。母親が出て、「神村さんですか。お久しぶりですナ。春美はですナ、平成商事福岡営業所で、アルバイトしとりますト。そちらに電話してみてくれんですか。それはそうとお元気ですか」

「エッ、どうしてアルバイトしてるんですか」

「サア、暇じゃないからでしょうか。もう三ヶ月にもなりますト。自分勝手なところのある娘じゃけんですネ」

「では、営業所に電話してみます。お元気にしてて下さいネ」

「ありがとうございます」

直ぐに福岡営業所へ電話をした。直接春美が電話に出た。

「どうしてアルバイトしてるんダ」

「あのネ、今、男一人、女三人、それとアルバイトの私の五人が営業所の職員なノ。所長も課長も居ないのヨ。だから大変。

残った四人はどうしたら良いのか分らなくて、誰かが、私が以前本社に居たという噂を聞いてネ、当分アルバイトで良いから助けてっていう事になったノ」

「そうかア」

「ところで、久しぶりに会いたい」

「そうだ、どこで会う」

「私、東京に遊びに行く。その時で良い」

「良いヨ」

「じゃあ、今週の土曜、十二時、羽田飛行場で会いたい」

「余りにも早い決断だな。良いヨ」

純一が春美と会うのは、半年ぶりだった。福岡から本社に戻った純一は、一カ月毎に新幹線で、大阪でデートを重ねていたが、本社が揺ぎだし、春美とのデートの時間も少なくなり、久しぶりのデートとなった。

変身

君田は経営コンサルタントとして、成功しつつあった。森山は退職し、私立大学の教授となっていた。三人は久しぶりに会い、青春時代からの思い出を語り合った。

君田は、「官僚という極めて厳しいモラルを求められる職業を辞めて、本当に良かった。今、自由にモノが言えて、自由に時間を、自分の思うままに使える、毎日が楽しくてたまらない。もし、成功したら、田舎に帰って、市長選に出馬し、政治家を目指したい」と語った。

純一は君田に、「日本は未だ官僚中心の社会だナ。お前が政治家になるなんて、幻想としか思えないが、それを本気で言えるってのは、やはり官僚中心社会だ。結構なご身分だナ」と、純一は生れて初めて、強烈な皮肉を言った。

森山はあわてて、「神村、お前らしくないナ。どうかしてるゾ、今夜のお前は」と、純一の言動を制止した。君田は、勝利者としての笑みを浮かべていた。

森田は、「俺、大学教授として、子供達と毎日楽しい日々を送っている。案外と俺ってのは、子供ポイところがあったから、子供達と毎日生活してると楽しいんだ。神村、お前どうなんだ」

純一は、君田と森山の生き方に、妬みを爆発させがちとなり、森山に「お前、幸せなんだろう。あれほど苛めに悩み、俺にグダグダ言いながら、大学教授になったのは、単なる逃げだろう。お前はズルいよ。いつも現実から逃げて、自分の幸せしか考えてないものナ」

純一は、平成商事の危機的状況を目前にして、二人の転身というより変身に、妬みを爆発させていた。

賭け

平成商事の崩壊は日々刻々迫っていた。純一は朝から夕方までの全ての時間を、役員に対する危機意識の警鐘、社員ではなく役員のリストラ、そして新たな取り引き先きの開拓に費いやしていた。

役員に向って、「このままでは、わが社も倒産だ。銀行筋も、「お宅の会社の信用低下してますヨ。余り評判良くないですよ」と言ってます。銀行の連中だって、客観的にわが社を評価してる訳じゃあない。街の噂を基準にわが社を評価している。専務も乗務も、噂を評価にしている銀行員の言うことなど気にしなくて良いと、高をくっている。ところが世の中、街の噂を一番信じなければいけないんです」

こう言う純一には、賭けの気持ちがあり、もし役員の中に一人も理解する者が居なければ、平成商事は今日にも倒産する可能性が有ると思われ。取り引き先きの銀行、自治体、クライアントの間で、平成商事の信用が急速に低下しているという噂を多く耳にする様になったからである。銀行筋からは、おそらく退職した社員からの内部告発らしい投書が増え、「平成商事の財務内容が悪化している」、「ある役員が銀行からの裏融資で土地をころがし、会社の財務が悪化している」等の声が上るようになっていた。

危機意識が募る純一は、毎日のように緊急幹部会議の開催を総務部長に要求したが、最早や会議を開くエネルギーすら平成商事には無かった。純一はある決断をした。一社でも多くのクライアントを開拓し、営業実績を上げることで、平成商事の現状を打破する以外に道はなかった。企画部の部下一人ひとりに、「申し訳ないが営業に廻って欲しい。でないと、わが社は危い。君達の生活を保証するのは営業以外に無い。増えた業績の処理は俺がする」と訴えた。部員の大半が「分りました」と理解を示したが、「ところでどこに訪ねて行けば良いのですか」と言うのが精いっぱいだった。「どこでも良い。ビルが有ったら飛び込んで、会社が有ったらドアを開け、「平成商事の者です。広告企画の営業に参りました」と言え。そうすれば、百に一か、万に一は契約に応じてくれるだろう。君達、本当にお願いだ」と言って、純一は部下に頭を下げた。

社内には激震が走っていた。企画部長の純一の檄が伝わったからであるが、総務、営業等企画部以外の部署の社員は、「また企画部長のパフォーマンスが始まった」と、白けていた。純一も営業で外廻りし、何件かの成約を得たが、現在の平成商事の経営を建て直すには、焼け石に水であった。

役員達は純一の懸命な努力を、白けて見ている風だった。役員全員は、相当の畜財をしており、平成商事が倒産しようと、社員が路頭に迷おうと、どうでも良い風だった。おそらく倒産の日、記者会見がある、その日の演出を考えている風だった。涙を流し、「私が悪いんです。社会にご迷惑かけて大変申し訳ありません」と頭を下げ、謝罪する振りをする事で、平成商事の生命の幕引きをするだけだろうと思った。

平成商事には未だ二百人近い社員が居たが、一人が三人の家族を養っているとすると、平成商事に直接関係する者だけで六百人が路頭に迷い、関連会社や取り引き先きを含めると、二千人余りが路頭に迷うと純一は考えていた。

純一自身は、田舎に帰り町長選に出馬するか、平川商店で働くか、会社の同僚と新会社を設立するかを考えていた。福岡の春美に電話をした。

「もう平成商事は持たない。春美、どうしたら良い。俺は、お前から批判されないだけの努力はしたつもりだ。分らん」

「また、「分らん」を言う。背いっぱいやったんでしょ。それで良いのヨ。あなたは決して他人に責任を求めなかった。ただ、女に甘える事で、何とかその時その時を乗り切ってきたわ。町長でも良い、平川商店社長でも良い、会社をつくっても良い、私の応援がいるなら、いつでも行くワ。私のお店に来ても良いワ。金物屋からブティックのお店に改装してネ、親戚の娘にお店してやって、私は毎日お酒飲んでるだけだから」

「本当にそうなら良いけど」

「本当にそうヨ。あなたが声をかけたら、いつでも行く。裏切り無しを約束したのはあなたでしョ。未だそんな事を言ってる純一は、案外と小心。あなたの最も嫌いな言葉は、「小心」だったでしョ。小心なくせに小心を正直に表わせない神村純一に、春美は惚れたのヨ。分った」

純一は涙していた。本音を言い続ける事しか、自分の人生は無いと思った。

二十世紀が終ろうとしている初秋、純一は職業安定所の窓口に居た。平成商事の倒産で、職を失なったためであった。家計は、純一の失業保険と、陽子のパートによる収入で、何とか乗り切っていた。

平成商事の倒産は、当然と言えば当然の成り行きで、純一はこれこそは現実だと思った。平成商事が倒産した日、純一は幻想であって欲しいと願ったが、現実だった。

純一は、羅針盤もない小舟で、宝島の海図を頼りに、荒海に船出したのは君田であり森山だと思っていた。常に羅針盤もない小舟で船出する振りをしていたのは純一自身で、本音は不沈艦で蜃気楼を捜していたのではないかと、純一は自己嫌悪に陥ち入ってた。最早やアルコールで、目前の難題から逃避する以外に無かった純一であった。

おそらく純一は、平川商店に再就職するしか無いと思っていた。仲人をしてくれた平川平蔵に泣き付く事で、陽子との関係を、より確実にできると、純一は信じていたからである。そう生きるしか無かった。

日本社会は絶対権威たる価値観を喪失しているのは事実であろう。スタンダードな価値観は未だ見えてない。幻想の社会を迷い歩くしか無いのだろうと思う純一であった。

最も現実的に生きてきたと確信してきた純一自身が、最も幻想に近い世界で生きてきたのかも知れなかったからである。

最終章

純一は平川商店を引き継ぐ事になった。極めて安定した商売であり、好況も不況もなく、日々凡庸な働きをしていれば、それなりに安心して後半生を送れる事は確実であろう。しかし、二十年以上、常に時代の先端の風を受けながら歩いてきたと自負してきた純一が、平川商店の経営を引き受けても、当分は退屈しながら、働かなければならない事は覚悟しなければならないのは現実である。

純一は、世の中全体が退屈な時代を迎えつつある気がしていた。二一世紀を生き抜くためには、退屈をどうしのぐかが、個々人に求められるようになる気がしていた。高令化と少子化が進み、社会は次第に活力を失なっていく可能性があり、退屈しのぎを上手にこなせなければ、世の中は幻想だけを追い求め、停滞から衰退へ向かうと確信していた。

純一はここ四、五年の人生を回顧していた。福岡への希望しての転勤の動機は、実に漠然としたものだった。真面目に考えれば、福岡支店の改革を通して、社内全体を改革したいという純一の夢、野心は、完全に崩壊したと言えそうだ。

純一はサラリーマンになって、余りにも多くの人に出会ったと思った。出会うことで、平成商事の業績に何とか役立てればと思い、それなりに仕事はしてきたと自負してきた。最も反省させられたのは、自分自身は「任せる」という姿勢を守ってきた事は、実は「内の上司は独善的」という評価を生んでしまった事である。

春美はおそらく純一からの電話を待っているに違いなかったし、純一もそう考えていた。ユキは、冷やかに純一の人生を見て、厳しい現実を見て評価するに違いなかった。

純一はある決断をした。男として、人間として、生きる証しを陽子と春美、そしてユキに示すためであった。その思い、決断は一生誰にも語りはし無いだろうと、自分自身に言い聞かせていた。やがて純一は、田舎に帰る事にしていた。政治家になる事を夢見て……。（終）

〈著者紹介〉

後藤　完一（ごとう　かんいち）

昭和18年、大分県生まれ。

昭和41年、福岡大学法学部卒業。

同年、通商産業省福岡通産局（現九州通商産業局）入省。

入省後プロ野球「黒いキリ」事件、ドルショック、オイルショック、豊田商事事件、三井三池炭鉱閉山等々を担当。

自分の世界を捜したいと、出版、イベント企画等を自弁で行い、今日に至る。

主な著書は『九州の工芸地図』（葦書房）、『日本のわざ』（集英社）、『ガンバレ地方』（第一法規）、『地域発想の時代』（第一法規）等多数。

主な企画は「佐賀ほのおの博覧会」「東九州軸」「九州平成義塾」「長崎街道」「唐津街道」「ムラおこし運動」等多数。

幻想 — 今、何かがおきている —

2000年6月1日　第1版第1刷発行

著　者　後藤完一
発行者　瓜谷綱延
発行所　株式会社文芸社
〒112-0004　東京都文京区後楽2-23-12
☎03-3814-1177（代表）
03-3814-2455（営業）
郵便振替　00190-8-728265番
印刷所　株式会社平河工業社

ISBN 4-8355-0279-5 C0093